Spannende Kriminalromane rund um das Berchtesgadener Land

18 Kriminalromane als Kurzgeschichtem

BoD – Books on Demand

Norderstedt, Germany 2019

BIBLIOGRAFISCHE INFORMATION DURCH DIE DEUTSCHE NATIONALBIBLIOTHEK

DIE DEUTSCHE NATIONALBIBLIOTHEK VERZEICHNET DIESE PUBLIKATION IN DER DEUTSCHEN NATIONALBIBLIOGRAFIE; DETAILLIERTE BIBLIOGRAFISCHE DATEN SIND IM INTERNET ÜBER HTTP://DNB.DNB.DE ABRUFBAR.

Bad Reichenhall

Anger

Höglwörth

© 2019 RENATE SÜLTZ & UWE H. SÜLTZ

HERSTELLUNG UND VERLAG: BOD – BOOKS ON DEMAND, NORDERSTEDT, GERMANY

ISBN 9-78374-9-49768-3

Inhalt:

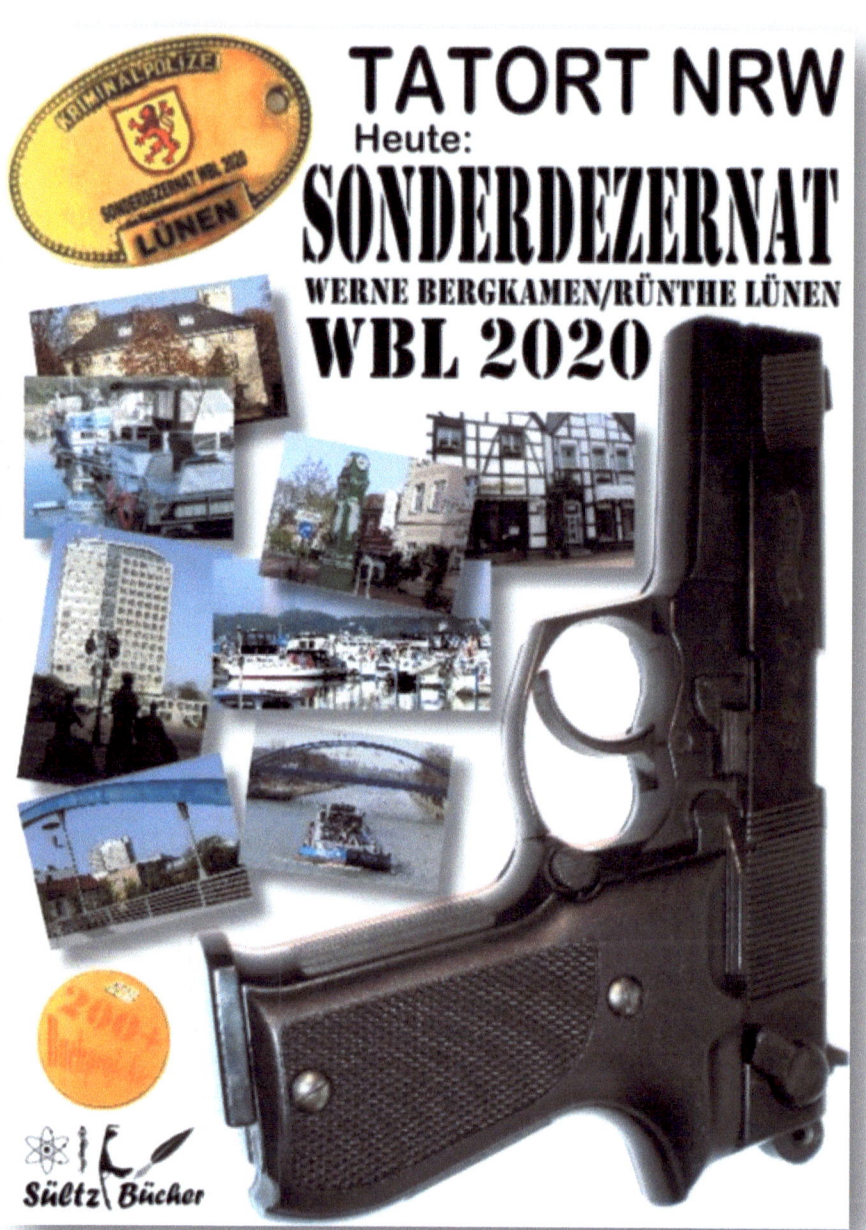

TATORT NRW

Heute:
SONDERDEZERNAT
WERNE BERGKAMEN/RÜNTHE LÜNEN
WBL 2020

KRIMINALPOLIZEI
SONDERDEZERNAT WBL 2020
LÜNEN

Sültz Bücher

Das Haus am Hintersee

Niemand wohnte in diesem Holzhaus am Hintersee. Es stand einige Jahre bereits leer. Alle Leute aus der Umgebung mieden es. In der Nacht spielten sich unheimliche Dinge dort ab. Punkt Mitternacht war dieses Haus hell erleuchtet und es hörte sich an, als wenn eine Frau weinen würde.

Eines Tages kam ein junger Mann ins Bürgeramt Berchtesgaden. Sein Name war Klaus Brückner. Er erkundigte sich nach dem Haus am See. Gerne würde er es kaufen. Da Angeln sein Hobby war, schien hier, am Hintersee, ein geeigneter Ort zu sein. Die Dame vom Amt sagte ihm, dass dieses Haus zuletzt einem Bauern aus der Umgebung gehörte, jetzt aber zum Kauf angeboten wurde. Sie meinte, dass es unheimlich dort sei. Klaus Brückner tat alles nur als Gerede ab. „Na ja, sie müssen wissen was sie tun. Sie können es sofort haben, wenn sie wollen. Wir sind froh, wenn es verkauft ist." Klaus Brückner angelte für sein Leben gern, da kam es wie gerufen, dieses Haus nahe am See.

Schon am ersten Abend warf er seine Angel aus, befestigte die Rute am Bootssteg und ging die wenigen Meter zurück ins Haus. Er vernahm ein leises Wimmern, ging aber darüber hinweg. Am darauffolgenden Abend das Gleiche, nur eindringlicher und lauter. Es kam ihm vor, das Gejammer direkt neben sich hören zu können. Er hatte das Gefühl zu spinnen.

Ein paar Tage vergingen, bis er wieder Zeit fand, seinem Hobby nachzugehen. Auf dem Weg zum Haus traf Brückner ein paar Leute aus der Umgebung. Eine Frau fragte, ob er der neue Besitzer sei und es doch gewaltig dort spuke am See. Sie schaute ihn noch von der Seite an und verschwand. Klaus Brückner wurde nachdenklich. Sollte dieses nächtliche Gejammer etwas damit zu tun haben? Was war hier los? Er lebte zwar jetzt im Zauberwald, aber an Spuk glaubte er nicht.

Am Abend hatte er das Gespräch wieder vergessen. Gut gelaunt machte er sich auf den Weg zum Haus. Wie gewohnt legte er vorher die Angel aus und ging rein. Eine unheimliche Stille machte sich breit. Plötzlich stand eine junge Frau vor ihm. Blutverschmiert und mit Seetang behangen. Ihm wurde schwindelig vor Angst. „Du musst es klären, ich bin ermordet worden. Er läuft noch frei herum, er muss bestraft werden, sonst kann ich keine Ruhe finden." Brückner bekam Angst, versprach aber, ihr zu helfen.

Am Tag darauf fuhr er nach Berchtesgaden zum Rathaus, hier konnten sie ihm tatsächlich helfen. Er erfuhr, dass ein Bauer aus der Umgebung, mit Namen Holger Westermann, vor Jahren dieses Haus besaß, und gleichzeitig eine junge Frau aus Bad Reichenhall verschwand. Kurz danach verkaufte er das Haus wieder. WARUM NUR? Verschwieg er etwas?

Gleichzeitig wurde nach dem Mädchen gesucht, Ermittlungen wurden angestellt. Sie wurde als vermisst gemeldet. Aber eine Verbindung zwischen dem Verschwinden des Mädchens und H. Westermann schien nicht zu bestehen! Oder etwa doch? Brückner bedankte sich für die Information. Er hatte eine Vermutung, er hatte ein Gefühl, er hatte Gänsehaut ... ja, er hatte eine schlimme Befürchtung ... er setzte nun alles auf eine Karte, er pokerte jetzt sehr hoch, denn er hatte doch versprochen zu helfen ... sein Vorhaben war riskant, sein Vorhaben war gefährlich ... aber er musste so handeln.

ER FUHR SOFORT ZU WESTERMANN! Er klopfte erst an, er pochte und schlug dann gegen die Tür und schrie: „MACH AUF, DU MÖRDER! ... KOMM' RAUS!"

Westermann schrie zurück, er konnte aber nicht gegen den gewaltigen Druck von Brückner ankommen. Mit ganzer Kraft drückte Brückner die Tür auf! „Ich habe dieses Haus gekauft, was war da damals los? Sie sind in jener Nacht beobachtet worden! Man hat Schreie gehört!" Ein Wort ergab das andere ... es wurde heftig geschrien und gestritten.

Holger Westermann knickte ein. Er gestand, sie geschlagen zu haben ...
er gestand, sie gefesselt zu haben ... er gestand, dass er sie verhungern ließ.
Zum Schluss warf er sie, beschwert mit Steinen, in den Hintersee.

Brückner konnte nicht glauben was er hörte. Es lief ihm eiskalt über den
Rücken. Er rief die Polizei! Der Mörder wurde verhaftet! Endlich hatten die
Leute ihre Ruhe ... endlich hatte die Seele ihre Ruhe.

Brückner verkaufte das Haus trotzdem wieder. Mit dieser Vorstellung
konnte er dort nicht bleiben. Das Haus am Hintersee ist nun im Besitz eines
Autorenpaares aus Westerland. Sie genießen nun die Ruhe und fühlen sich
Zuhause.

DER ÜBERFALL MIT FOLGEN

Für den älteren Herrn mit Brille spielten die Fußballer vom FC … na, ich habe den Ort und die Zahl vergessen, ganz einfach zu zaghaft. Der Herr mit Oberlippenbart meinte, sie spielten einfach nur grässlich. Der Herr mit dem Karohemd dagegen interessierte sich nicht für Fußball. Das Trio war bei Gerda Bernshofer im Wirtshaus in Berchtesgaden gern gesehen, als ich sie besuchte, um diese Geschichte festzuhalten, plauderte sie sofort drauflos. Ich bin Reporter des BGL-Anzeigers und wollte die Story gern schreiben. Das lag daran, dass ich die 3 Rentner jeden Mittwoch bei ihrer Plauderrunde sah, dabei dachte, was sie wohl früher einmal für Berufe ausgeübt hatten und wie ihr Leben so verlief. Die Gespräche verfolgte ich immer mit einem Ohr mit, denn ich saß regelmäßig einen Tisch weiter, mit meinem Laptop bestückt erledigte ich die Büroarbeit. So wartete ich bei einem Tee auf meine Frau, sie ist in einer Anwaltskanzlei hier in Berchtesgaden beschäftigt, gegen 18 Uhr kommt sie dann hierher. Nun, erwähnen muss ich, es war nicht immer Tee, liest sich aber schöner.

Wie gesagt, auch an dem ganz besonderen Tag saß ich, mit einem Ohr hinhörend, am Nachbartisch. Der Herr mit Brille fragte in die Runde, ob noch jemand die alten Porsche Wagen kennt. „Aber sicher", so der Herr mit Karohemd, „waren das nicht welche mit VW-Motor?" …

„Nein", so der Herr mit Brille, „die hatten einen Doppelvergaser und ordentlich Bums unter der Haube!" …

„Sach bloß", so der Herr mit Bart, „aber die Form war gleich!" …
„Flacher waren sie, viel flacher, ganz flach!", entgegnete der Herr mit Brille.

Ich schrieb weiter an meinem Bericht zum neuen Schwimmbad, konnte hier wirklich nicht folgen, es war nicht meine Zeit, ich bin Jahrgang 1991. Den Unterschied zwischen Ketten- und Nabenschaltung am Fahrrad kenne ich wohl, das war das nächste Thema der Herren.

Ich schätzte sie übrigens so um die 75 ein. Fragte mich dann des Öfteren, worüber werde ich wohl mit meinem Tennisfreund Sven später einmal reden? Meine Frau kam pünktlich. „Magst du ein Getränk?", fragte ich. „Heute nicht, Liebster. Beate und Klaus kommen doch heute!"... „Ach ja, fast vergessen!"

Von Frau Bernshofer erfuhr ich, dass die Herren gegen 22 Uhr aufgebrochen sind. Fröhlich wie immer, verließen sie die kleine Kneipe. Hinter der Oberschönauer-Straße kam ein kleines Waldstück, etwa in der Nähe des Friedhofes. Hier lauerten 2 Männer, die nichts Gutes im Sinn hatten, den älteren, körperlich unterlegenen Herren über 75, auf. Die Männer waren mit Eisenstangen und Gaspistolen bewaffnet. Es war aber nicht möglich, eine Gaspistole von einem echten Schießeisen zu unterscheiden. Es kam, was kommen musste!

In den Polizeiakten las ich später:

Die Herren Alfons D., Hubert S. und Herbert B. wurden nachts um 22.45 Uhr von den Männern Detlef R. und Richard T. mit Eisenstangen und geladenen Gaspistolen überfallen und beraubt. Zum Raub kam es nicht mehr, denn Detlef R., 32 Jahre, und Richard T., 35 Jahre, wurden derart vermöbelt, dass wir den Krankenwagen bestellen mussten.

"Ist doch klar", sagte mir Frau Bernshofer, "die 3 waren Berufsboxer!"

Ein gemeiner Mord

Ich heiße Sonja und bin 45 Jahre alt geworden. Schade, denn ich hatte das Leben noch vor mir. Als Tochter eines Münchner-Industriellen hatte ich nur Luxus im Kopf, wobei ich aber meine Ausbildung sehr ernst nahm. Mein schulischer Werdegang ging sehr zügig voran. Das Studium der Naturwissenschaften machte ich im Handumdrehen. Mit 30, kurz nach dem Studium, lernte ich einen attraktiven Mann kennen. Etwas älter war Carl und Lehrer in Bad Reichenhall. Geboren wurde Carl in Texas. Wir liebten uns sehr. Oft saßen wir abends stundenlang und diskutierten über Gott und die Welt. Carl war ein sehr gläubiger Mensch und konnte nicht verstehen, dass es so viel Schlechtes auf dieser Welt gab. Wir meditierten jeden Abend miteinander. Der Blick auf die Berge war herrlich. Ich hatte meinen Dr. Titel in Biologie gemacht und war sehr stolz darauf. Einen guten Job hatte ich in Salzburg. Über Marktschellenberg waren es nur sehr wenige Kilometer bis Salzburg. Oft hielt ich in Grödig an der Mozartkugel-Fabrik an und besorgte mir eine große Tüte mit Kugeln und Talern … himmlisch, sage ich euch! Kruzifix! Dass ich das nicht mehr genießen kann!

Endlich hatte ich die Möglichkeit, mit meinem Liebsten nach Texas zu gehen. Obwohl Carl eine Festanstellung in Bad Reichenhall hatte, wollte er aus familiären Gründen zurück nach Texas. Dort bekamen wir sofort eine Anstellung in Housten. Eigentlich waren wir glücklich, doch eines Abends, als ich von der Uni nach Hause fuhr, folgte mir ein Ford Mustang. Der Fahrer des PKW's wurde immer dreister und fuhr schneller und schneller. Leider war mein Mini schon über 10 Jahre alt, sodass ich ihm nicht entkommen konnte.

Carl hatte auch an diesem Abend das Essen bereitet. Dadurch, dass er früher zu Hause war als ich, übernahm er diese Aufgabe. Carl wartete. Ich kam nicht. Es wurde spät. Carl fuhr die Strecke ab, die ich immer nutzte um schnell zu Hause zu sein. Carl fand meine Schuhe am Wegesrand. Ein paar

Meter weiter ein abgerissenes Stück von meiner Bluse. Ich musste mich heftig zur Wehr setzen, was mir letztendlich nichts nutzte. Jetzt handelte mein Liebster sofort und rief die Kriminalpolizei an. Es wurde zügig gehandelt und alles in die Wege geleitet.

Die Beamten sicherten die Fundstücke. Aber sonst fanden sie nichts. Auch nicht meine Brosche aus Gold. Eine riesige Suchaktion wurde gestartet. Aber auch nach Wochen konnte keiner den wahrscheinlichen Mord an mich aufklären. Als Carl schon fast den Glauben an die Menschheit verlor, geschah etwas, dass er nicht fassen konnte.

Etwa drei Monate nach meinem Verschwinden klingelte es abends an der Tür. Meine Schwester, diese falsche Schlange, stand vor ihm. „Was wollen sie?", fragte Carl. Was sie wollte war doch klar. Sie wollte das Geld aus meiner Lebensversicherung. Ich hatte einen sehr fatalen Fehler gemacht, als ich meine geldgierige Schwester als Begünstige in meine Police eintragen ließ. Carl sagte ihr vor den Kopf, dass er mit ihr nichts zu tun haben will. Er wusste genau wie falsch sie war. Kam mich nur besuchen, wenn sie etwas wollte; und ich falle darauf rein. Ihre Mitleidsmasche hatte mich das Leben gekostet.

Wochen später wurde meine Leiche gefunden. Man stellte fest, dass ich erdrosselt wurde. Anschließend hat man mich entsorgt wie einen Müllsack. Nur eines fanden sie noch nicht, meine goldene Brosche mit Türkise. Abgebrüht wie diese Hexe war, ging sie zur Polizei und fragt nach dem Ermittlungsstand. Sie bekam keine Antwort, sondern machte sich nur verdächtig. Nach ihrem Alibi wurde sie gefragt, da man fast den genauen Todeszeitpunkt ermitteln konnte. In Ausreden war dieses Biest ja nie verlegen. Sie wurde ausgefragt, wie das Verhältnis zu mir denn gewesen wäre und noch vieles mehr. Schnell fand die Polizei heraus, dass sie das Geld aus der Versicherung bekommen sollte. Jetzt kam man dem Fall schon etwas näher. Einen dubiosen Freund hatte sie, der auch nichts hatte, sondern ständig Schulden machte. Außerdem war er vorbestraft. Mit so einem Ganoven hatte sie ein Verhältnis, diese Schlampe. Und ich hab' ihn quasi mit unterstützt. Na ja, was soll es, jetzt brauche ich mich wohl nicht mehr darüber aufregen.

Jedenfalls gingen die Ermittlungen in meinem Fall weiter. Einige Wochen später klopfte die Kripo an unsere Tür. Es wurde eine Brosche gefunden, sagte zu man zu Carl. Wem denn diese gehöre, wollte man wissen. Carl erkannte meine Brosche. Die Brosche wurde bei meiner Schwester gefunden. Man folgerte, dass meine Schwester mich aus Habgier umbringen ließ oder sogar mit Hand angelegt hatte. Die Beamten nahmen sie und ihren Lover fest. Diese Giftnatter hatte es nicht anders verdient. Gut, dass man die Brosche fand, sonst würde ich mich im Grab umdrehen, wie man so schön sagt. Carl bekam dann das Geld von der Versicherung. Na ja, wenigstens etwas Erfreuliches.

Jedenfalls hatte ich eine tolle Beerdigung und freue mich, dass Carl wieder eine neue Frau hat. Wie schnell das doch ging. Na, ja, was soll's. Übrigens vermisse ich immer noch diese köstlichen Mozartkugel aus Grödig!

Eine nette ältere Dame – Teil 1

Maria Müller bestellte gerade in der Bäckerei in Bad Reichenhall vier Brötchen und ein Bauernbrot. Plötzlich fasste sie sich an die Brust und wimmerte: „Mein Herz, mein Herz." Dann sackte sie langsam zusammen. Bäckerin Greta Harnbacher drehte die Wählscheibe an ihrem Telefon. „Bitte schnell einen Arzt, schnell bitte. Bei Harnbacher Zur alten Mühle." Eine Menschenmenge sammelte sich in der Bäckerei und davor, während alle auf den Krankentransporter warteten. Niemand bemerkte, wie zwei gutgekleidete Herren, mittleren Alters mit Aktenkoffer die gegenüberliegende Bank betraten. Es bemerkte auch niemand, wie zwei gutgekleidete Damen den daneben liegenden Juwelier betraten. Niemand merkte, wie zwei Halbstarke mit Elvis-Tolle, sich vor den Türen der Bank und des Juweliers positionierten. Die Halbstarken, in Jeans und Lederjacke, schauten regelmäßig auf ihre Uhren und gaben sich Zeichen. Währenddessen zückten die beiden Herren in der Bank, Maske und Eisen. „Jeder bleibt da, wo er gerade steht. Dies ist ein Banküberfall, wir machen Ernst und im Koffer ist eine Bombe." Der eine hielt die drei Angestellten in Schach und der andere räumte die Kasse leer. Alles Geld packte er gierig in große Tüten, die in dem Koffer waren. Derjenige, der die Angestellten in Schach hielt, stellte einen Aktenkoffer mit einem tickenden Etwas mitten in den Kassenraum. Drähte schauten heraus. Die Gauner hauten in aller Seelenruhe ab und wendeten ihre schwarzen Mäntel, sodass sie nun weiß waren. Im Juweliergeschäft spielte sich fast das Gleiche ab. Die eleganten Damen ließen sich beraten. Plötzlich hatten sie statt eines Taschentuchs einen Revolver in der Hand. Nicht sehr groß, aber sehr effektiv. Ruck-zuck räumten sie die Auslage leer. Diamantringe und Armbänder und Uhren. Einfach alles was ihnen zwischen die Finger kam. Der Juwelier und seine Angestellten hockten in einer Ecke. Vier Meter vom Not-Schalter entfernt, um bei der Polizeiwache Alarm zu schlagen. Beide sahen nicht, wie die Diebinnen eine andere Perücke aufsetzten. Diese Perücken waren schwarz.

Die Mäntel der Damen wurden auch gewendet, sodass sie weiß waren. Inzwischen traf der Krankenwagen ein. Polizisten befragten die Bäckerin. Zwei Notärzte trugen auf einer Bahre die ältere Dame Maria Müller zum Krankenwagen. In diesem Augenblick gaben die Halbstarken den Männern in der Bank und den Frauen im Juwelierladen ein Zeichen. Die vier Erwachsenen gingen auf den Krankenwagen zu, zwangen die Ärzte einzusteigen und brausten mit Blaulicht los. In einem nahegelegenen Waldstück bei Bayerisch Gmain zwangen sie die ältere Dame als Geisel mit in ihren gestohlenen Fluchtwagen zu steigen. Die Bande, einschließlich der Halbstarken, floh über die Grenze nach Österreich und wurde nie wieder gesehen. Im abgestellten Koffer in der Bank war übrigens keine Bombe, sondern ein alter Wecker. Maria Müller hieß auch nicht so, sondern war die Großmutter der Bande. Auch die Enkel waren involviert. Und der Clou: Großmutter entwickelte den Plan!

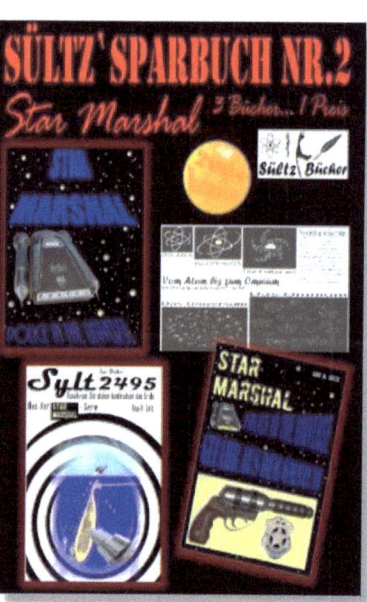

Agathes Code

Wer kennt sie nicht, die fantastischen Abenteuer des Monsieur LeGrant oder die Fälle von Kommissar Jack Miller. Agathe X. war eine sehr erfolgreiche Autorin in Anger. Für Agathe war Anger das schönste Dorf in Bayern, so wie für viele Menschen auch. Oft umrundete sie den naheliegenden See Höglwörth.

An ihrer Seite sah man stets ihren Sohn Peter. Ihr erstes Buch wurde bereits zum Bestseller. Peter bewunderte seine Mutter, wollte unbedingt die Geheimnisse des Geschichtenschreibens erlernen. „Fantasie und viel Ruhe brauchst du, mein Sohn.", sagte die erfolgreiche Mutter. Abend für Abend saßen sie bei einem Glas Wein beisammen, plauderten über dies und jenes, diskutierten, machten sich Stichpunkte. Schon war die Grundlage für eine neue Geschichte geboren. „Es sind die Dinge, die im Alltag passieren", sagte Agathe. Klug, wie die Mutter war, sorgte sie bei Peter für eine gute Ausbildung. Über den Beruf des Buchbinders bis zum Studium arbeitete sich Peter an die Spitze. Sein Bruder hingegen war ein Lebemann. Mutters Unterstützung verprasste er meist im Spielkasino in Salzburg. Leo war genauso talentiert wie sein Bruder, aber irgendwie verstand er das Leben nicht. Erfolg kam eben nicht von ungefähr. Peter richtete sein Arbeitszimmer neben Agathes Büro ein. Jetzt hatte er alles an Handwerkszeug beisammen, durch Mutters Gespräche am Abend sprudelten die Ideen. Agathe hatte wieder einen Bestseller. Peter schrieb das erste Buch unter Agathes Namen, Agathe war begeistert vom Inhalt und ließ es zu. Es wurde ein ordentlicher Erfolg, beide freuten sich. Natürlich schob Agathe einen neuen Fall von Kommissar Jack Miller hinterher. Wie es in der Brache so war, zog der Name und so steigerte sich auch das Buch von Peter nochmals. Mit dem von Peter erworbenen Know-how, setzte er nun auch das Internet ein, man sprach über Peter, man kannte ihn jetzt. Dabei setzte er zwei Künstlernamen ein, Cora Brix und Henry Desmond. Erfolg über Erfolg war das Resultat. Schreiben, Weinabende mit Mutter, ... die beiden wurden ein Erfolgsduo.

Und niemand kannte ihre Herkunft. Der erste oder zweite Platz war ihnen in den Bestsellerlisten sicher.

Peter erwarb von seinen Einkünften Grundstücke, Agathe sparte alles und legte das Geld und die Wertpapiere in ihren Tresor. Nun, es war ein Panzerschrank mit modernster Technik, mechanische und elektronische Zahlenkombinationsschlösser kamen zum Einsatz. Millionen lagen darin und warteten. Auf was eigentlich? Agathe war eine glückliche und zufriedene Frau. Peter war versorgt und Leo schlug sich so durchs Leben. Er würde ja sowieso genug erben. Peter dagegen war nicht auf die Erbschaft angewiesen.

Die Zeit verging, der Erfolg der Bücher war immer noch grandios. Leo bohrte immer mehr nach Geld. Agathe versuchte ein letztes Mal, ihren Sohn auf die richtigen Schienen zu setzten. Aber es war zu spät, Leo ließ sich hochverschuldet mit der Mafia ein. Leo versprach dem Geldeintreiber, dass er aus dem Geldschrank seiner Mutter bezahlen würde, nur seine Mutter müsste kurz zum Schweigen gebracht werden. Es passierte tatsächlich so, selbst Kommissar Miller könnte diesen Fall nicht lösen. Alles sah nach einem Unfall aus. Das Fahrzeug von Peter, mit Agathe auf dem Beifahrersitz, überschlug sich mehrmals, stürzte dann den Abhang hinunter. Agathe war sofort tot, Peter überlebte schwerverletzt. Das Haus stand nun wochenlang leer. Leo und zwei Panzerschrankknacker machten sich ans Werk. Die schwere Tresor-Explosion nutzte gar nichts. Herumfliegende Splitter verletzten Leo schwer, die beiden anderen flohen. Als die Polizei eintraf, war Leo schon tot, er verblutete.

Nach Peters Genesung richtete er das Büro neu ein. Agathes Erbe sollte zu 60 Prozent gespendet werden. Die 20 Prozent an Leo kamen noch dazu.

Peter spendete einer Autoren-Gruppe seinen Anteil, zur Förderung, so wie es seine Mutter mit ihm gemacht hatte.

Den Code kannte Peter übrigens auch nicht, Agathe sagte nur immer, denke an die Erfolge unserer Bücher!
Peter tippte ein: 1... 2... 1... 3... 1... 2... 1... 4... 2... 1...

OMas LEtZtER AUFtRaG – TEiL 2

Wir erinnern uns noch alle, als Großmutter Maria Müller mit ihrer Bande, 2 Söhne, 2 Schwiegertöchter und 2 Enkel, gleichzeitig eine Bank und ein Juweliergeschäft in Bad Rechenhall überfiel und dann im Krankenwagen flüchtete. Ob in Österreich oder in BGL, sie wurden nie gefasst. Aus der Zeitung wusste die Großmutter vom Geldtresorraub in Bad Wildungen. Roland Esser, Freddy Lindenwald, Günther Farber und Holger Biermann drehten 1950 das Ding. Freddy und ihr Sohn Paul waren seit der Kindheit miteinander befreundet. Des Öfteren trafen sich beide in München. Das Geld der Jungs aus Bad Wildungen war langsam aufgebraucht. Maria Müller war zwar eine sparsame Oma, aber sie wollte auch ihre Familie abgesichert sehen. Großmutter kam auf den idealen Plan, ein großes Ding zu drehen. Sie war über 80, hatte aber immer noch genügend Power für solche Dinge. Sie wusste, dass sie irgendwann an Krebs sterben würde, aber ihr Geist litt nicht darunter. Nach zwei Wochen stand der Plan. Alle machten sich mehr oder weniger einen Spaß daraus. Nur Maria Müller war tot ernst. Mit 5000 Mark bestach Oma Müller den Wachmann eines Geld- und Gold-Transporters in Freilassing. Der Transporter fuhr über die Bundesstraße 304 in Richtung Salzburg. Die Orte und die Ankunft wurden sorgfältig geprüft. Nur Sergio, der Wachmann, lachte darüber und dachte, dass die Oma nichts auf die Beine bringen würde. Aber das Geld nahm er gerne an. Einen italienischen Sportwagen wollte er sich kaufen. Mit einem Sportwagen die kurvenreiche Strecke um den Salzburgring zu fahren, das ist schon spannend.

Jeder erhielt von Großmutter eine Order. Roland und Freddy hielten an eine, auf dem Weg gelegene Autowerkstatt. Omas Söhne kauften in Saaldorf-Surheim einen ähnlichen Transporter.

Er wurde umlackiert mit der Aufschrift SECURITY. Der große Tag kam. Maria Müller überließ nichts dem Zufall. Für sie war es das letzte Ding.

Der Krebs ist sehr weit fortgeschritten. Sie wusste von Dr. Krüger, dass es noch wenige Wochen waren.

„Oma", sagte ihr Enkel Toni, „wie sollen wir den Transporter anhalten?" „Sei unbesorgt", so die Oma, „ich sorge dafür." Alle waren bereit. Maria ordnete zwingend an, dass man sich nicht um sie kümmern müsse, denn sie habe alles im Griff. Die Zeit war reif. Der Geldtransporter wollte auf die Hauptstraße abbiegen. „Pass' auf!", schrie ein Wachmann! „Du überfährst die alte Frau dort." Schon passiert. Die Wachmänner stiegen aus. Sofort wurden sie überwältigt. Holger Biermann raste los zur Werkstatt. Vorne rein und hinten wieder raus. Alle waren mit Sprühpistolen ausgestattet und lackierten in unglaublichen zehn Minuten den Transporter in Rot um. Freddy stellte den Transporter auf ein abgelegenes Feld ab und steckte ihn an. Marias Enkel holte ihn ab. Alle trafen sich 50 km hinter Salzburg, teilten den Erlös, und verschwanden.

Ein Brief lag in der Werkstatt:

Es wird alles klappen, ich liebe euch. Aber mein Krebs zwingt mich zu einer nicht angenehmen Tat. Wenn ihr das lest, werde ich nicht mehr leben. Bitte lebt euer Leben.

In Liebe eure Oma

Denn sie wussten nicht, was sie taten

Es war in den fünfziger Jahren. Es ist die Zeit des Wirtschaftswunders. Aber auch eine Zeit, in der viele das haben wollten, was in den Schaufenstern angeboten wurde. Auch wurden wieder Autos gebaut. Viele liefen noch nicht auf den Straßen, aber sie waren für die meisten Arbeiterfamilien unerschwinglich. Es war ein großes Angebot an Gütern vorhanden. In dieser Zeit aber nicht für jedermann erschwinglich. Dieser Kriminalfall ereignete sich nicht im Berchtesgadener Land, sondern in Hessen. Der Fall stand aber bundesweit in den Zeitungen.

Holger Biermann, Freddy Lindenwald, Günther Faber und Roland Esser, saßen an einem Samstagabend fast resigniert am Stammtisch in Bad Wildungen, an dem sie sich jedes Wochenende trafen. Die jungen Männer arbeiteten unter Tage. Jeden Tag der Dreck und die stickige Luft im Stollen der Zeche Marie bei Kassel, zermürbte sie. Sie wollten reich sein. Träumten davon irgendwo am Strand zu liegen und das Leben zu genießen. Sie diskutierten den ganzen Abend immer über das gleiche Thema. Außerdem sagte Holger: „Was ist denn schon los hier, in Bad Wildungen?" „Schaut euch doch mal um hier, ihr werdet nichts finden was euer Herz erfreut. Weit und breit nur Baustellen."... „Ja, du hast Recht, Holger.", sagte Freddy Lindenwald. „Nur, leider sind wir an diesen Ort gebunden." Der älteste in der Runde war Günther Faber. Faber meinte: „Hört auf zu nörgeln, Jungs. Entweder wir unternehmen jetzt etwas oder wir finden uns damit ab, unter Tage zu arbeiten und hier zu versauern." „Hast du einen Vorschlag, was wir tun könnten?" Roland Esser meldete sich nun auch zu Wort: „Ihr habt ja Recht. Auf der einen Seite ist hier nichts los und im Stollen hab' ich auch keine Lust zu versauern. Aber nicht nur hier in Bad Wildungen wird es so aussehen. Und auch ich hätte große Lust mehr Geld zu haben und hier abzuhauen." Die vier Männer kamen auf eine dumme Idee. Holger machte den Vorschlag einen Güterzug in der Nähe von Vöhl-Herzhausen zu überfallen. „Holger, du hast doch wohl den Realitätssinn völlig verloren.", meinte Freddy Lindenwald. „Aber warum denn, wenn wir genau überlegen was zu tun ist, kann doch nichts schief gehen.", sagte Günther.

Alle Männer kamen zu der Übereinkunft, genau heraus zu bekommen, wann der Zug in den Bahnhof Vöhl-Herzhausen einfährt, aus Frankenberg kommend. In diesem Zug, so hatte sich Holger schon schlau gemacht, ist eine größere Menge Bargeld zu finden. Der Zug beinhaltet teure Seidenstoffe, die aus der Türkei kommen, außerdem mindestens 250.000 DM an Bargeld. Der Güterzug wird akribisch genau überwacht. „Es wird nicht einfach sein, das Ding durchzuziehen, aber es wird sich für uns alle lohnen, wenn wir zusammenhalten und uns genau an den Plan halten.", sagte Holger Biermann. Am nächsten Morgen waren die Männer wieder mit ihrer Arbeit im Stollen bei Kassel beschäftigt und die Gedanken an einen Überfall waren erst einmal zurückgestellt. Abends am Stammtisch wurde dann wieder diskutiert und beratschlagt über den Überfall. Alle wollten diese Aufgabe erledigen, denn der Traum vom Reichtum sollte Wirklichkeit werden. Freddy, Holger und Günther kundschafteten am anderen Tag alles aus. Sie wussten nun genau, wann der Zug einfährt. Auch bekamen sie heraus, wo sich der Tresor mit dem Geld im Zug befand. Wie viele Wachposten sich im Zug aufhielten. Sie tranken einige Biere und besiegelten damit ihren Plan. Für den Überfall, planten sie den Freitagnachmittag. Alles musste sehr schnell gehen, sie durften keine Zeit verlieren.

17 Uhr, Freitag der 11, März 1950 in Herzhausen. Alle Männer waren auf ihren Posten. Als Zugführer war Harry verkleidet. Günther als Gleisbauer und die anderen beiden lungerten als Fahrgäste auf dem Bahnhof herum. Der besagte Zug fuhr langsam ein. Die Spannung stieg bei den Männern. Aufregung pur. Der Adrenalinspiegel stieg gewaltig. Jetzt ging alles rasend schnell. Im Waggon handelten die Männer sehr professionell. Alles war gut durchdacht.

Sie fanden relativ schnell den Tresor und überwältigten den Zugführer. Alles klappte ausgesprochen gut. Der Tresor war tragbar, sodass sie schnell verschwinden konnten.

Schnell sprangen sie in den dafür vorgesehenen Ford Kombi und fuhren sofort Richtung Süden, über die Bundesstraße 252, dann auf die Autobahn 7, über Österreich nach Italien. Niemand erkannte sie, keiner hielt sie auf. Sie fuhren ihrem Traum vom Reichtum entgegen, ohne ein schlechtes Gewissen zu haben. Man sah sie nie mehr am Edersee.

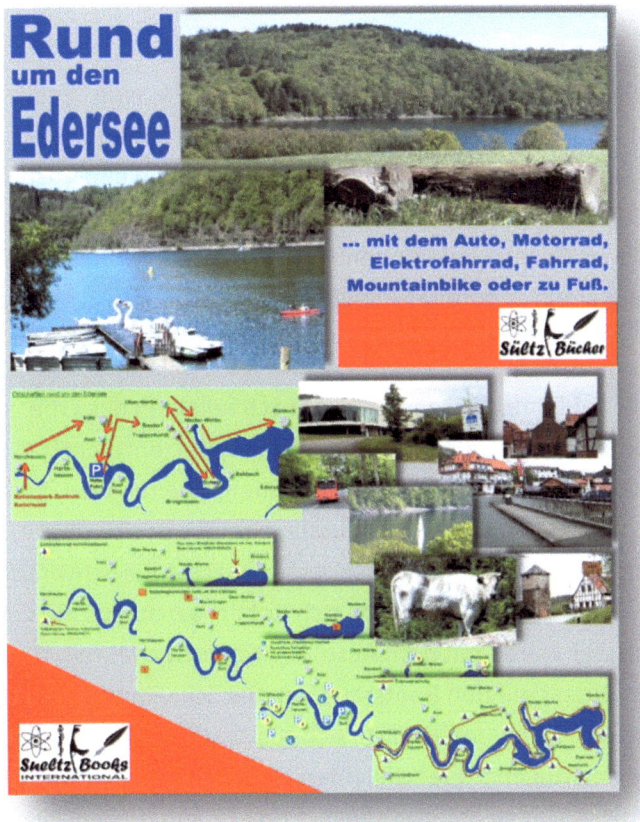

Die Mausefalle

Familie Kardau war eine reiche Familie. Niemand konnte ahnen, womit sie ihren Reichtum zusammentrugen. Die männlichen Familienmitglieder waren nicht gut in Schönau am Königssee angesehen. Sie waren stets unfreundlich und wollten immer Recht behalten. Frau Kardau und ihre Tochter waren wiederum beliebt. Sie versuchten die Boshaftigkeit der anderen Familienmitglieder zu überdecken. Irgendwann dachte Robert Kardau, Sohn von Paul, dass er nun an der Reihe wäre, das Geld und das Vermögen an sich zu bringen. Die Stimmung innerhalb der Familie war sehr gereizt.

Das viele Geld brachte zwar Reichtümer, Sportwagen, eine Segeljacht und was es sonst noch so gibt. Alles hätten sie genießen können, jedoch Vater und Sohn wurden immer egoistischer. Frau Kardau und ihre Tochter hatten sowieso nichts zu melden. Den Patriarchen des Hauses zu bedienen, war ein ungeschriebenes Gesetz. Jeden Abend träumte Robert von diesem Reichtum. Er war ein geborener Angeber. Doch seine Intelligenz war unübertroffen. Er wusste, dass sein Vater bei schlechter Gesundheit war.

Also plante er Paul umzubringen, damit er schneller an das Erbe kommen konnte. Da Robert auf Nummer sicher gehen wollte, entwickelte er einen ausgeklügelten Plan, so oder so, auch mit einem zweiten Plan, Paul sollte sterben. Ein schnell wirkendes Gift musste her, das er sich über einen Hehler besorgen wollte. Robert präparierte zunächst die Schwimmflossen des Vaters. Mit seiner Fantasie malte sich Robert genau aus, was passieren würde. Sein Vater würde mit dem Auto zum Chiemsee fahren. Dann setzte er sich immer zuerst auf den Bootsrand, um die Schwimmflossen und die Taucherbrille anzulegen. Jetzt ließ er sich rückwärts ins Wasser fallen. Alles passierte vor den Augen seiner Geliebten Gabi. Nur diesmal stieß die Nadel mit dem flüssigen Gift zu. Paul würde nicht mehr auftauchen. Man würde Gabi als Mörderin verdächtigen. Seine Fantasien endeten nicht.

Plan B:

Einmal im Monat, traf sich Paul mit seinen Freunden beim Skat. Drei davon waren Zigarrenraucher. So freigiebig wie Paul war, hat er sich immer mit teuren Zigarren die Freundschaft der anderen erkaufen wollen. Robert präparierte die vierte Zigarre. Das Gift wirkt auf die Lunge und löst einen Hustenanfall aus. Er wusste auch, dass sein Vater gern den Sportwagen fährt. Etwa 500 Meter nach der Hofausfahrt telefonierte er immer mit Gabi. Robert manipulierte auch das Handschuhfach. Alles präparierte er mit Giftspritzen.

Aber es kam anders:

Es kam der Tag, an dem es einen kompletten Telefonzusammenbruch gab. Robert befand sich in seiner Lieblingsbar. Seine Schwester traf sich zu der Zeit heimlich mit Johann.

Johann war der Sohn eines angesehenen Industriellen aus Österreich. Auch der Vater von Johann fiel auf die kriminellen Machenschaften von Paul Kardau herein. Er verlor Millionen. Johann und seine Angebetete schmiedeten Zukunftspläne. Er wollte sie aus dieser Familie herausholen.

Nur Frau Kardau war mit ihrem Mann also allein im Haus. Das Telefon funktionierte nicht. Paul befahl seiner Frau das Handy aus dem Wagen zu holen. Nach einer Stunde fand er sie leblos neben dem Wagen liegen. Durch die Beerdigung wurde das Skatspiel abgesagt. Natürlich auch das Tauchen.

Diese Zeit nutzte Roberts Hehler aus, um in das Anwesen einzubrechen. Er war nicht nur Hehler, sondern auch Einbrecher. Wie üblich, zu den normalen Einbrecherutensilien, trug er eine Waffe bei sich. Es ist kein Geheimnis, aber die Verandatür ist nicht gut gesichert gewesen. Das Wohnhaus wurde nach einem Tresor durchsucht. Paul Kardau hörte Geräusche. Er wollte den Einbrecher stellen und holte seine Waffe aus dem Schlafzimmer.

Beide schießen und Paul wurde tödlich getroffen. Der Einbrecher wurde am Bein verletzt. Er lag am Boden. Nun kam Robert aus der Bar zurück und sah die Tragödie. Der Einbrecher, der ja auch Roberts Hehler war, sagte: „Na, da habe ich dir wohl einen Bärendienst erwiesen." „Hilf mir auf, gib mir 100.000 und die Sache bleibt unter uns." Robert ging zum Tresor, öffnete ihn, ergriff das Geld und fiel kurz danach leblos zu Boden. An seinen Fingern verklemmte sich eine Mausefalle mit einer Giftinjektion, die Paul Kordau aufgestellt hatte.

… … …

Roberts Schwester übrigens, machte Johann sehr glücklich. Das Vermögen der Kardaus wurde für wohltätige Zwecke gestiftet.

DER GESTOHLENE MORD

Auch an diesem Morgen begann Ella Sempell wie üblich mit einer neuen Geschichte für ihr zweites Buch. Bislang schrieb sie Liebesromane unter ihrem eigenen Namen. Aber sie wollte einmal eine andere Richtung einschlagen. Ellas Schreibtisch steht in einem völlig zugestopften Raum in Ramsau. Sämtliche Mitbringsel der letzten Jahre hob sie immer auf. Von den vielen Lesungen, rund um die Welt, brachte sie Erinnerungsstücke mit. Jedes erinnert an einen Liebesroman. Sie schaute sich die lieben Dinge an, und denkt darüber nach, wie viele Paare sich in ihren Romanen schon kennengelernt haben. Die Geschichten hatten immer ein gutes Ende. Sie bekam ihn und umgekehrt. Auf der ganzen Welt spielen sich diese Liebeleien ab. Ob die neue Reihe auch so erfolgreich wird? Gedanken machte sich Ella Smith schon darüber, welche Erinnerungen später bleiben würden. Sie lachte über sich selbst und dachte: „Mord, bleibt Mord und Hauptsache der Täter wird dingfest gemacht." Vom Schreibtisch aus, sieht sie auf den herrlichen Hintersee. Die Sonne blinzelt durch die Tannen. Von weitem sieht sie den roten Sportwagen ihres Neffen Dirk heranfahren. Wie immer viel zu schnell. „Der Junge bringt sich noch um", dachte Ella.

Ella hatte lange nichts von seiner Frau gehört. Etwas kriselte es ja immer in dieser Ehe. Sie legte das angefangene Manuskript zu den anderen Manuskripten in den Tresor. Wo bleibt er nur, fragte sich Ella. Sie warf einen Blick durch das Küchenfenster. Dirks Sportwagen stand in der Einfahrt. Sie machte sich einen Kaffee und ging wieder in ihr Büro. Der Neffe kam und begrüßte sie mit einem großen Blumenstrauß. Ella sagte: „Gibt es etwas zu feiern?" „Ja, Tantchen, das kann man so sagen. Ich werde mit meiner Frau eine längere Reise antreten." Ella stellte die Frage: „Ist denn wieder alles in Ordnung zwischen euch?" „Ja, bestens", antwortete Dirk.

Nach etwa einer Stunde verabschiedete sich Dirk wieder. Beide waren guter Dinge für die Zukunft. Ella holte ihr Manuskript wieder aus dem Tresor und schrieb an ihrer Geschichte weiter.

Die Tage vergingen und Ella erhielt eine Urlaubskarte aus Italien. Sie war froh, denn schließlich ist Dirk ihr einziger noch lebender Neffe. Irgendwann wird er sie beerben.

Die nächste Geschichte stand an. Ein Mord mit einem manipulierten Gasofen. Ähnliche Geschichten gibt es wohl schon, aber Ella konnte so lebendig schreiben, dass es Spaß machte ihre Bücher zu lesen.

Zeit verging …

Es schellte an der Haustür und sie machte auf.

Die Kriminalpolizei wollte sie sprechen. Behutsam, erklärte ein Beamter, dass es ein schlimmes Ereignis gegeben hat. Dirks Frau erstickte bei einem Tauchvorgang in Italien. Die Obduktion ergab, dass sie an einer Überdosis Gift gestorben sei. Ein Stachel eines Rochens war das Übel. Dirk sitzt zurzeit in Untersuchungshaft. „Das ist unmöglich. Mein Neffe kann es nicht gewesen sein." Der Beamte sagte: „Verdächtig ist nur, dass der Stachel des Rochen einen Schnitt aufwies. Der Stachel wurde einem toten Tier entfernt. Das Gift ist nach dem Entfernen immer noch wirksam. Aber wir können es nicht beweisen." Ella erschrak. Sie erkundigte sich einmal bei dem Meeresbiologen Dr. Arndt Bernds, welche Fische Menschen töten können. Es ist allerdings wenig bekannt, dass Rochen noch wirksames Gift in den Stacheln haben, wenn sie tot sind. Hatte Dirk doch etwas damit zu tun? Ella bekam eine Gänsehaut, wenn sie daran dachte. Sie hatte schließlich einen Krimi geschrieben mit dem gleichen Inhalt, das heißt, es ging auch um einen Rochen, dessen Stachel noch wirksam war und jemand umgebracht wurde. Zufall?

Ella ging mit dem Beamten zum Tresor. Sie mussten feststellen, dass das Manuskript nicht mehr da war. Dirk gestand schließlich den Mord und wurde zu lebenslanger Haft verurteilt. Nur er besaß noch einen Tresorschlüssel und den Code.

Der Schock saß bei Ella sehr tief. Von nun an schrieb sie keine Krimis mehr, sondern hielt sich an ihre Liebesromane.

Renate Sültz & Uwe H. Sültz

Warten im Wartezimmer

mit spannenden Krimis!

"Der Nächste bitte!"

Lesebrille vergessen?

Sültz Bücher ... mit größerer Schrift!

Balkon zum Jenseits

Aus der Polizeiakte: „... Weiterhin konnte eine Manipulation nicht festgestellt werden. Der Fall ‚Tote auf dem Balkon', Aktenzeichen SD3-OG55SK7, wird hiermit geschlossen. Kriminalkommissar Gerd Schemberg, 06.05.2015 Bad Reichenhall." Ja, dann ist es ja gut, das ist dann wohl die kürzeste Kurzgeschichte, die es je gab.

Nun, im Ernst, da steckt viel mehr dahinter. Ich bin Journalistin und recherchiere über Internetmobbing, mein Name ist Beate Dresens vom Kurier. Über diesen Fall wurde viel berichtet, viel recherchiert, nicht nur durch die Kripo, sondern auch vom Bauamt. Aber irgendwie lagen alle etwas daneben. Damit will ich mich nicht größer machen, aber ich entdeckte da etwas. Alles begann wohl, so meine Recherche, im Juni 2014. Frank Alwendi, ein erfolgreicher junger Manager einer Produktionsfirma hier in Bad Reichenhall, ersteigerte im Internet eine Eigentumswohnung. Man muss sich vorstellen, für 17.000 Euro. Also, ich bitte Sie, liebe Leser, dafür gibt es gerade mal einen Kleinwagen, ohne Bett und Küche. Und fließendes Wasser nur im Motorkühler. Auf jeden Fall war der Haken daran, dass mindestens 125.000 Euro in die Renovierung fließen mussten. Eine neue Tapete und Gips reicht da nicht. Alwendi begann nun mit den Maßnahmen, zunächst mit dem Fußboden und mit den elektrischen Leitungen. Die Fenster sollten im Zuge mit dem maroden Balkon als nächstes auf dem Plan stehen. Zwischen Balkon und Mauerwerk sah man einen zwei Zentimeter großen und etwa 120 Zentimeter langen Riss. Wasser drang ein, im Winter sprengte das Eis alles weiter auseinander. Der rechte Stahlträger war marode und rostete.

In der Firma lief es, wie gesagt, für Frank sehr gut. Bis auf den Tag, an dem die zielstrebige Ilona Meiering vorstellig wurde und ihre Idee verkaufen wollte. „Es tut mir leid, Frau Meiering, aber wir können mit unseren Kunststoffen Ihre Idee nicht realisieren, sorry!", sagte Frank Alwendi.

„Na dann vielleicht auf einen Kaffee?", entgegnete Ilona Meiering. Reserviert und doch sehr höflich lehnte der Manager ab.

Heute wurden im Wohnzimmer neue Steckdosen verlegt. Frank hatte es eilig, den Zettel an der Windschutzscheibe steckte er beiläufig ein. Herrlich verchromte Teile ließ er sich einbauen, für mich als Frau war das wunderbare daran, trotz Verchromung, dass man keine Fingerabdrücke sah. Also einen Polizeibericht dürfte ich nicht schreiben, der wäre vier Mal so lang, wie der von Kommissar Schemberg. Ach ja, der eingesteckte Zettel: „Einen Sekt bei mir heute? Ich wohne unter Ihnen! Liebe Grüße Ilona." Frank ignorierte den Zettel, schließlich würde gleich seine Verlobte Angelika nach Hause kommen.

Die Tage vergingen mit fleißiger Arbeit und Stuck-Arbeiten im Wohnzimmer. Von nun an klemmte jeden Tag ein Zettelchen unter dem Scheibenwischer. Ab jetzt kamen auch Anfragen in sozialen Netzwerken. Ab jetzt wurde Ilona sehr aufdringlich.

In der Firma lief es weiterhin gut. Frank Alwendi sollte die Werksprodukte in China vorstellen, auch die Staaten waren sehr interessiert. Der Manager war durch seine Kompetenz, sein Benehmen und Aussehen bestens geeignet dafür. Ach ja, Angelika war die Tochter vom Chef, das musste ich noch erwähnen. Aber ich finde auch, dass Frank gut aussieht. Ich dürfte wirklich keinen Polizeibericht schreiben.

Ein lange vergessenes Urlaubsbild sorgte dann für schlechte Laune. Ein Strandbild mit Svenja, das vor etwa drei Jahren aufgenommen wurde. Angelika und Frank waren seit zwei Jahren ein Paar. Svenja war eine Urlaubsduselei. Nur, auf dem Foto, war jetzt Ilona zu sehen, lediglich der Kopf, man wusste ja, was mit der Bildbearbeitung so alles möglich war. Zunächst war das Bild in den Netzwerken. Frank schaute nur gelegentlich hinein, aber die fast 2.600 User sahen und teilten es.

Die Wohnung wurde für den Einbau eines Kamins vorbereitet. Frank sicherte die Balkontür mit einem Kindergitter ab. Jetzt konnte die Tür offenstehen, ohne dass der kleine Paul, Angelikas Sohn, auf dem maroden Balkon in Gefahr kam. Frank sah, dass der Eisenträger fast durchgerostet war, jetzt wurde es höchste Zeit für Erneuerung.

Das manipulierte Urlaubsbild hing am anderen Tag an allen Bäumen in der Straße, klemmte an Autos, ja, es drang bis in die Firma vor, auch zu Angelika. Frank öffnete seine Seite im sozialen Netzwerk und sah die Bescherung. Das Konto war gehackt. Ilona führte praktisch einen Liebesdialog mit sich selbst in Franks Account. Löschen nutzte nichts mehr, der Schaden war zu groß.

Angelika trennte sich von Frank, die Firma kündigte fristlos mit dem Grund: „Herr Frank Alwendi ist für die Firma Deg... und Co. KG untragbar geworden." Es begannen Depressionen bei Frank Alwendi, sozialer Abstieg und Geldnot, aber das Stalking ging weiter. Frank versäumte es einfach, die Kripo einzuschalten. Der ehemalige Top-Manager war am Ende.

...

Die ersten sonnigen Tage im April 2015. Ilona sonnte sich auf ihrem Balkon, es war Sonntag. Sie schlief ein, bemerkte den feinen Staub nicht, der von oben wehte, vom oberen Balkon. Dort nahm Frank eine Eisenstange der Monteure und drückte den maroden Balkon langsam und mit aller Kraft aus der Verankerung. Wie oben im Polizeibericht zu lesen war, konnte Kommissar Schemberg nur einen traurigen Zufall erkennen und keine weiteren Spuren finden. Eine junge Frau war im falschen Augenblick am falschen Ort. Aber, ich muss es so sagen, sie war selbst schuld!

Das Medium

Mit täglich fünf Kunden rechnete Josefine Müller. Ihr Arbeitsraum im eigenen Haus in Marktschellenberg war dunkel eingerichtet. Überall waren Kerzen und Symbole aufgestellt. Auf dem runden Holztisch stand eine Glaskugel. Rechts daneben lagen Karten. Josefine war Medium. Ihre Kunden konnten Fragen stellen, Josefine stellte einen Kontakt zur geistigen Welt her und Antworten standen sofort an. Es ging so schnell, dass Josefine erst gar nicht auf die Idee kommen konnte, irgendetwas zu manipulieren. Kunden stellten auch oft nur Testfragen, aber bei richtiger Interpretation hatte Josefine eine Trefferquote von 98 Prozent. Josefine Müller war verheiratet und Mutter eines Sohnes. Bereits in ihrer Jugend sah sie außergewöhnliche Bilder vor ihrem geistigen Auge. Ungewöhnlich war auch, dass metallische Teile von ihrem Oberkörper regelrecht angezogen wurden und kleben blieben. Heute gab sie ihre Wahrnehmungen gern, gegen einen wirklich kleinen Beitrag, an ihre Kunden weiter.

Irgendwie muss sie den richtigen Weg gefunden haben, denn ihre Kundenzahl wuchs und wuchs.

Ihr Mann Norbert und ihr Sohn Max haben eine ganz besondere Leidenschaft, die Josefine nur bedingt teilte. Zum einen war es eine riesige Autorennbahn auf dem ausgebauten Dachboden; Favorit von Max war dabei der Ferrari von Michael Schumacher. Außerdem sammelten beide „Männer" im Haus noch Compact-Cassetten. Max war ganz besonders angetan von Abenteuer-Kassetten, der Vater sammelt die ersten Bänder der Welt ab dem Jahr 1963.

Heute kam per Post wieder ein Päckchen mit zwei Kassetten. Max war noch in der Schule und Norbert in der Firma. Josefine nahm das Päckchen entgegen und packte es aus, um die beiden Bänder auf den Mittagstisch zu legen. Die Kassetten stammen von einem Händler nahe Nürnberg.

Das Mittagessen brauchte noch etwa vierzig Minuten. Josefine setzte sich auf den Küchenstuhl, nahm eine Kassette in die Hand und schloss die Augen. Es war eine Jugend-Kassette, Fünf Freunde, aus dem Jahr 1975. Allmählich sah Josefine verschwommene Bilder, dann wurden sie schärfer und schließlich sogar farbig. Sie sah, wie der kleine Bernd fröhlich aus Papas neuem Audi 100 stieg und in sein Zimmer stürme. In der Hand hielt er die brandneue Hörspiel-Kassette. Bernd legte die Kassette sofort in seinen Compact-Cassetten-Recorder ein. Ganz gespannt saß er nun auf seinem Bett und hörte die Geschichte von der Schatzinsel, auf der fünf Freunde ihre Erlebnisse hatten. Bernd hörte nicht, dass seine Mutter bereits zum vierten Mal zum Essen gerufen hatte. Plötzlich ging die Kinderzimmertür auf und da stand Mutter nun.

Na, dachte Josefine: „Das ist ja wie bei Max so. Es wiederholt sich doch alles im Leben." Josefine stand auf und holte den Braten aus dem Ofen, in zwanzig Minuten würden ihre Männer eintreffen. Sie setzte sich wieder an den Küchentisch und betrachtete die andere Kassette. „Oh, endlich mal etwas für mich, ‚Twist im Star Club', eine Philips Kassette aus dem Jahr 1965", sagte Josefine so vor sich hin. Wieder sah Josefine alles ganz deutlich. Die Musik spielte sehr laut. Zigarettenrauch machte das Wohnzimmer nebelig. Sie sah einen Wohnzimmerschrank in Palisander. Der Fernseher zeigte Schwarzweiß-Bilder. Darüber hing ein Kalender, der das Jahr 1966 anzeigte.

Josefine sah alles aus den Augen einer auf der Couch sitzenden Person. „Gefällt dir die Kassette, Kurt?", fragte diese Person. „Ja, ganz toll!", antwortete dieser Kurt. „Ich hole noch schnell Zigaretten vom Automaten! Lass' uns dann das Tanzbein schwingen!" Auf dem Tisch standen ein Käse-Igel und diverse Flaschen, wie Wein und Wodka.

Ein Mann kam in den Raum, die Zigarette in der Hand, er war wohl angetrunken, hatte auffällige Tätowierungen am Arm.

Er setzte sich ebenfalls auf die Couch. „Komm, Mädchen, sei nicht so zickig!", lallte der Mann. Für die Person, aus dessen Sicht Josefine alles sah, wurde es nun sehr ungemütlich. Es handelte sich um Beate Kramer. Josefine sah sogar ihren Ausweis, als Beate in ihrer Handtasche den Lippenstift suchte. Der Mann vergewaltigte Beate und erschlug sie dann mit der Wodka-Flasche. Überstürzt lief der Mann aus der Wohnung. Im Hausflur begegnete er Kurt, der aus dem Automaten um die Ecke Zigaretten gezogen hatte. „Na, Gerd, wieder zu tief ins Glas geschaut? Ich habe heute Besuch von meiner neuen Flamme Beate!", sagte Kurt. Wortlos verließ Gerd das Gebäude.

...

Josefine bekam einen Weinkrampf und sie schrie laut. „Schatz, was ist passiert!", fragte ihr Mann Norbert, der soeben in die Küche kam. Max kam hinzu. „Max, gehe bitte in dein Zimmer, hier ist deine Kassette, Mami hat sich wohl am Kochtopf verbrannt", sagte der Vater zum Sohn.

Stunden später machte Josefine eine Aussage bei der Kripo.

Tage später erhielt sie den Bescheid, dass der Mord aus dem Jahr 1966 an Beate Kramer nie aufgeklärt wurde.

Kurt Degenhardt war zwar der Hauptverdächtige, aber seine Fingerabdrücke passten nicht zur Mordwaffe, der Wodka-Flasche. Kurt war beim Anblick seiner zukünftigen Frau so geschockt, dass er die Begegnung mit Gerd im Hausflur völlig vergaß. Jetzt wurde der mittlerweile 70-jährige Mann noch einmal vernommen und nach einem Mann mit auffälliger Tätowierung auf dem Arm gefragt. Er erinnerte sich an seinen Nachbarn Gerd Segmüller. Mord verjährte nie. Der 75 Jahre alte Gerd Segmüller wurde danach verhaftet. Josefine erholte sich nur langsam von dem Erlebnis. Sie war noch lange in Behandlung.
Ihre Gabe, Medium zu sein, verlor sie.

DIE UHR tICKt

Der ins Alter gekommene Rechtsanwalt Heinrich Böllinghausen aus Laufen bot seinen Mandanten und Freunden einen besonderen Service an. Böllinghausen hatte so gut wie keine Aufträge mehr, was ihm völlig egal war, denn er war bestens abgesichert. Es scheint so, als gäbe es im Berchtesgadener Land, zumindest in Laufen, keine Aufträge mehr, keine Morde, keine Diebstähle, alles ist gut und positiv. Gern saß er aber in seinem Büro, las die Tageszeitung und genoss um 12 Uhr 30 sein Mittagessen im Restaurant „Zum Krug". Sein Safe war nicht mehr gefüllt, keine Akten waren mehr zu archivieren, alles war entsorgt. Gegen einen kleinen Beitrag von zehn Euro im Monat, konnten jetzt ehemalige Mandanten und Freunde einen Schuhkarton mit ihren Habseligkeiten darin deponieren. Böllinghausen war ja immer vor Ort, sogar an vielen Wochenenden, es erwartete ihn zu Hause auch niemand mehr. Die beiden Söhne hatten ihre Kanzlei in München und Salzburg. Seine Frau war seit nun genau 8 Jahren verstorben. „Mein Name ist Mike Gehldorf, es empfahl Sie Herr Gerhard Wenninger, er war einmal Mandant bei Ihnen. Es ging um Erbrecht und so", Herr Gehldorf, ein etwa 35 Jahre alter und gepflegter Mann stellte sich bei Rechtsanwalt Böllinghausen vor. „Das ist ja nett, aber ich praktiziere nicht mehr", sagte Böllinghausen. „Nein, nein, ich möchte etwas bei Ihnen deponieren. Ich bin Goldschmied, müsste täglich an meine Sachen. In meinem neuen Geschäft wird erst in etwa drei Wochen ein Tresor eingebaut!" Beide einigten sich auf eine Aufbewahrungszeit von maximal vier Wochen. Gehldorf prüfte eingehend den Safe und die Kanzlei. Zwei Straßen weiter wartete Dirk Bosner auf Mike Gehldorf in seinem alten angerosteten Golf. Gehldorf im gepflegten Zwirn in einem in die Tage gekommenen Golf? Nun, sie und zwei weitere Männer hatten es lediglich auf Böllinghausens Tresor abgesehen, mehr nicht. Eine erfahrene Verkäuferin aus einem Bekleidungsgeschäft hätte sofort die abgewetzten Stellen an Jackett und Hemd bemerkt.

Für einen Goldschmied mit großen Umsätzen bestimmt nicht tragbar. Die beiden anderen in der Ganovenrunde kannten sich mit dem Bau von Bomben aus. „Die Tür zur Kanzlei ist leicht zu knacken. Am Nachmittag, vor unserem Bruch, lege ich die Haustür des Geschäftshauses lahm. Kurt, kümmere dich mit Toni um die Bombe. Wie habt ihr das eigentlich genau vor?", fragte Bosner. „Wir werden zwei Bomben bauen. Beide mit Zeitzünder, beide sind mit Atomuhren bestückt. Eine der Bomben wird an unserem Golf montiert und eine Straße weiter geparkt, mit der anderen sprengen wir den Safe", so Toni. „Klingt perfekt. Alle sind mit dem Auto beschäftigt. Ich habe uns einen BMW günstig erstanden. Bis zur Grenze nach Italien wird er es schon schaffen, er ist bereits vollgetankt, randvoll!", sagt Mike. Der große Tag kam, die bis ins Detail durchdachte Idee wurde umgesetzt.

Samstag, 17 Uhr: Bosner blockiert mit Zange und Schraubendreher die Geschäftstür. … 17 Uhr 10: Gehldorf umkurvt den Block, bis er direkt vor dem Geschäftshaus einen Parkplatz für den BMW findet. Toni platziert bereits den Golf in der Nachbarstraße. Der Herbst zeigte seine dunklen Tage. … Um 19 Uhr 40 betreten alle das Geschäftshaus. Tatsächlich ließ sich die Tür zur Kanzlei leicht aufbrechen. Die Bombe wurde am Tresor platziert. „Wie lange noch, Toni?", fragte Bosner. „Noch etwa acht Minuten, gehen wir in Deckung!", so Toni. Sie verschanzten sich im Nachbarraum. Hier standen schwere Metallregale mit alten Akten die auf den Reißwolf warteten. Drei, zwei, eins … ein Knall war zu hören. Der Golf stand in Flammen. Die Bombe am Tresor versagte. Warum auch immer! „Los raus hier, nimm die Bombe mit, Toni!", schrie Bosner. Sie warfen sich in den BMW und kratzten die Kurve. „Verdammt, die Atomuhr hat den Kontakt zum Sender verloren, steht auf Sommerzeit! Verdammt!", ärgert sich Toni.

In den Nachrichten war zu hören: „Autobahn A1. Hinter Salzburg in Richtung Mondsee explodierte bislang aus unbekannten Gründen ein PKW. Die vier Männer kamen dabei ums Leben!"

ORDNUNG MUSS SEIN

Angelika Parker war eine attraktive Geschäftsfrau in Bad Reichenhall. Zudem war sie auch sehr erfolgreich in Salzburg. Mit 36 Jahren schien sie nun auch den richtigen Partner kennengelernt zu haben.

Konrad war Geschäftsführer; nun, eigentlich Verkäufer; also, wenn man es ganz genau nahm, Lagerist. Aber er stellte sich überall als Geschäftsführer vor. Sein Aussehen und seine Visitenkarten waren schon ein echter Hingucker. Angelika war richtig verschossen in ihn. Es störte nur, dass Angelika für ihre Liebsten so wenig Zeit erübrigen konnte. Denn auch Ella Mops kam viel zu kurz. Gassi-Gehen erledigte die Hausangestellte Giesela. Die Mopshündin war sehr glücklich darüber und bedankte sich damit, dass sie heruntergefallenen Abfall aus dem ganzen Haus in die Küche bis vor den Mülleimer trug.

„Gehen wir heute noch zum Griechen?", fragte Konrad. „Du, Conny, sei mir nicht böse, ich muss dringend die Geschäftsbücher durcharbeiten. Geh' du nur, vielleicht komme ich noch nach", erwiderte Angelika. Konrad stieg in seinen Jaguar und brauste los. Angelika schenkte ihm den Wagen im letzten Monat. Konrad sprach von festen Geldanlagen für beider Zukunft, da konnte er sich einen neuen Nobelwagen wohl angeblich nicht leisten. Und einen Kleinwagen wollte Angelika nicht vor ihrer Villa stehen sehen. „Hey Conny, wo ist denn deine Superbraut?", tönt es Konrad beim Griechen entgegen. „Sie hat wie immer zu tun. Ist Susi heute hier?" Konrad schaut sich angeregt um. In Mini und mit tiefem Ausschnitt stand Susi schließlich vor Conny. „Ach ich bin hin und hergerissen von dir. Für dich würde ich alles tun", schwärmte Conny. „Wir werden sehen, Conny, ob du das wirklich tust", sagte Susi und schaute Conny tief in die Augen. „Meine Schwester hat Recht, Conny. Langsam müsstest du dich doch entscheiden, oder? Meine Schwester ist immer für dich da. Deine Vorzeigedame ist doch trostlos", redete Toni auf Conny ein.

„Hast ja Recht, aber ohne sie komme ich mit meiner Kohle nicht klar", redete Conny Klartext.

Am nächsten Tag fuhr Conny zu Angelika. Er wollte etwas sagen, da unterbrach Angelika: „Conny, begleite mich morgen bitte nach Salzburg. Im Tresor lagern Diamanten und Bargeld in mehreren Millionen. Ich habe mich von meinem Juweliergeschäft in der City getrennt. Allein wollte ich auch nicht zur Bank." Conny schaute Angelika überlegend an. „Conny? Bist du hier?", lachte Angelika. „Oh ja, entschuldige bitte, natürlich begleite ich dich. Ich fahre jetzt zu mir, tanke den Jaguar und lege mich hin, dann bin ich morgen fit!", sagte Conny erschrocken. Als angeblicher Geschäftsführer hatte Conny ebenfalls einen Koffer in Angelikas Tresor deponiert, so kannte er den Code.

Statt in seine Wohnung zu fahren, fuhr Conny zum Griechen. „Susi ist nicht hier, Conny", sagte Toni. „Ich will auch zu dir, Toni, hast du Zeit?", fragte Conny. An einem abgelegenen Tisch schmiedeten beide einen Plan. Um Mitternacht brach Toni einen älteren Golf auf. „Hier die Walther Pistole, Conny. Vergiss nicht, sie abzuwischen und sie in ihre Hand zu legen. Ihre Fingerabdrücke müssen deutlich zu sehen sein", erklärte Toni und fuhr fort: „Wer weiß noch von den Diamanten und der Kohle?" „Niemand, nur ich", antwortete Conny. Am Tatort angekommen, schloss Tony leise die Tür auf. Angelika saß noch mit einem Glas Wein am Schreibtisch. Lilly Mops lag im Körbchen. Der Kamin brannte langsam aus. „Nanu, Conny, ich dachte du schläfst bereits?", sagte Angelika. „Ich wollte dich heute Abend nicht alleine lassen", flüsterte Conny und ging um den Schreibtisch herum auf Angelika zu. Er wollte ihr gerade einen Kuss auf die Wange geben, da zog er die Walther und schoss erbarmungslos in ihren Kopf. Die Waffe ließ er zu Boden fallen. Toni sah alles vom Fenster aus, er schlug die Scheibe ein und öffnete das Fenster. Danach rannte er zum Golf. Conny gab den Zahlencode im Tresor ein und nahm alles heraus, was er finden konnte. Den Golf versteckten sie in einem Wald. Der Jaguar war nicht weit entfernt geparkt.

„Hast du an die Fingerabdrücke gedacht?", fragte Toni. „Um Gottes Willen, ich hab's vergessen!", jammerte Conny. „Mist. Dann ändern wir den Plan. Setz' mich an deiner Wohnung ab. Ich teile schon die Beute. Fahr du zurück, wisch' die Waffe ab und drücke sie ihr in die Hand", befahl Toni. Conny fuhr los. Zwei Straßen vor Angelikas Haus parkte er. Er schloss die Tür auf. Alles schien gut zu laufen. Er stürmte zum Schreibtisch. Aber die Waffe war verschwunden. Conny suchte alles ab. Er fand sie nicht. Erfolglos verzog er sich.

Am nächsten Morgen öffnete Giesela die Haustür. Ella Mops wimmerte fürchterlich. „Ich bin ja da, Ella Mops. Jetzt gehen wir unsere Hunderunde!", rief sie. Im Wohnzimmer erschrak sie fürchterlich. Sie sah ihre Arbeitgeberin blutüberströmt am Schreibtisch. Sie rief die Polizei. Die Polizei untersuchte alles. Giesela kümmerte sich nun um Ella Mops. Sie ging in die Küche, da lag der Mops. Reinlich wie er war, hatte er die schwere Waffe bis zur Mülltonne geschleppt, so wie Ella Mops alles Heruntergefallene dahin brachte. Der Rest war für die Kripo ein Kinderspiel, denn die auf der Waffe gefundenen Fingerabdrücke waren ja im ganzen Haus zu finden.

DREI FREUNDINNEN AUF GANOVENJAGD

Wie immer war es im Wartezimmer von Dr. Kiermyr in Berchtesgaden sehr
voll. Beate musste eigentlich nur ihr Rezept abholen, aber auch diese Aktion
dauert länger. Zu ihren beiden Freundinnen sagte sie: „Wartet doch bitte
vor der Praxis auf der Bank. Das Wartezimmer ist oft überfüllt und bei
diesen heißen Temperaturen ist es besser so." „Ist ok!", sagte Iris. Beide
holten ihr Smartphone heraus und surften im Internet. Nach dem Abholen
des Rezeptes wollten die drei 16-jährigen Freundinnen noch in die Eisdiele.

Beate hatte Glück, nicht etwa, dass sie das Rezept sofort erhielt, sie bekam
noch einen Sitzplatz. „Grüß Gott", sagte Beate fröhlich. Der Gruß wurde
verhalten erwidert. Über das Smartphone gab sie ihren Freundinnen gleich
Bescheid, wie der Stand der Dinge ist. Nun schaute sie sich in der
wartenden Runde um. Die jüngere Generation hatte den Kopf leicht nach
unten gerichtet, mit Blick auf Smartphone und Co., die ältere Generation
unterhielt sich untereinander und zeigte voller Stolz das edle Geschmeide
aus Gold, Silber und Perlen. Wie sich alles so geändert hatte. Beate wäre
gar nicht auf diese Gedanken gekommen. Ihr Opa brachte sie darauf.
„Früher war alles anders.", sagte er. „Früher konnten wir noch direkt
miteinander sprechen. Und wenn wir zum Herrn Doktor mussten, dann
wurden die Schuhe gut geputzt.", so Opa weiter. Beate schaute noch einmal
in die Runde. Oma Wuttke trug Schlappen, die kannte Beate noch aus der
Straße, in der sie als Kind wohnte. Vielleicht waren es sogar diese
Schlappen? Oma Wuttke ist ganz schön auseinander gegangen. Etwas
anderes als Schlappen konnte sie nicht mehr anziehen. Die junge
Generation, auch Beate, trug Turnschuhe. Die ältere Generation doch schon
geputzte Schuhe oder Schlappen eben. Beate schaute sich die wartenden
Patienten an, weil sie sich gerade an ihren Opa erinnerte. Aber einer war
unter den Patienten, der passte nicht ins Bild. Er richtete sein Smartphone
immer wieder auf ältere Patientinnen und sprach dann mit jemandem am
anderen Ende. Es gab dann immer ein „ok?" oder „ok!".

Er saß Beate genau gegenüber. Sollte er das Smartphone auf Beate richten, so würde Beate Einspruch erheben, denn fremde Menschen darf man nicht fotografieren.

„Frau Müller ist die Nächste! Bitte Zimmer 2!", ertönte es aus dem Lautsprecher. Frau Müller, verwitwet, besaß bis vor 8 Jahren das Juweliergeschäft in Bad Reichenhall. Mit Schmerzen stand sie auf und verabschiedete sich von ihren Sitznachbarinnen. Drei weitere Patienten bekamen ihre Rezepte ausgehändigt. 2 neue Patienten nahmen Platz. Eine trug eine riesige Goldmünze an einer Goldkette. Sofort zückte der für Beate verdächtige junge Mann sein Smartphone und fotografierte sie. Ein „OK!" kam aus dem Lautsprecher. Das war für Beate doch nun höchst verdächtig. Sie tat so, als würde sie ihre Freundinnen kontakten. Richtete das Smartphone in einem günstigen Moment auf die verdächtige Person und schoss ein unerlaubtes Bild.

„Herr Grompe bitte in Zimmer 1! Und der kleine Max kann mit seiner Mutter schon vor dem Zimmer 2 warten!", ertönte es wieder aus dem Lautsprecher. In diesem Augenblick kam Frau Müller aus dem Behandlungszimmer und fragte an der Rezeption nach einem neuen Termin. Jetzt stand der Verdächtige, aus Beates Sicht, auf und verließ die Praxis. Frau Müller verließ ebenfalls die Praxis.

Zwei neue Patienten betraten im selben Augenblick die Praxis. Plötzlich hörten Beate und andere Patienten einen Hilferuf. „Hilfe! Hilfe! Ein Dieb!" Zweimal rief jemand diesen Hilferuf. Das Personal lief sofort aus der Praxis, gefolgt von Patienten. Plötzlich konnten auch die wieder gehen, die vorher stark gehumpelt haben.

Beate aber kombinierte. Sie schickte ihren Freundinnen, die immer noch vor der Praxis auf der Bank warteten, das Bild des Verdächtigen. „Wenn der aus der Praxis kommt, dann verfolgt ihn unauffällig. Sagt mir dann immer wo ihr gerade seid. Ich rufe die Polizei.", rief sie ins Smartphone.

Tatsächlich kam der Verdächtige aus dem Ärztehaus gestürmt. Jetzt ging er mit schnellen Schritten auf den naheliegenden Bahnhof zu. Die beiden 16-jährigen Luise und Iris folgten ihm. „Beate, er läuft auf den Bahnhof zu!", schrie Luise ins Smartphone. Beate rief schon die Polizei. Nun rief sie nochmals an: „Kommen sie bitte nicht zur Praxis. Fahren Sie zum Bahnhof. Meine Freundinnen verfolgen den Dieb." Die Polizei fuhr mit zwei Streifenwagen aus. Der eine fuhr zur Praxis, der andere zum Bahnhof.

Der Dieb überlegte wohl nicht lange. Er sprang in den abfahrenden Zug in Richtung Salzburg. Er schien für immer geflohen zu sein. Luise fotografierte den Einstig und den Abfahrtsanzeiger. Sofort gab Luise die Bilder per WhatsApp an Beate. Beate leitete die Bilder sofort an die Polizei weiter.

In der Zwischenzeit waren Polizei und Krankenwagen vor Ort. Frau Müller hatte Schürfwunden. Sie bekam kein Wort heraus. Alle anderen bemerkten den jungen Mann nicht und konnten nur wenig aussagen. „Eine Jeans trug er, dazu ein rotes Shirt." „Nein, blau war es mit weißen Sportschuhen." Mit diesen Angaben hätte die Polizei natürlich nichts anfangen können. Die Bilder der Mädchen waren jetzt Gold wert. Der Streifenwagen am Bahnhof setzte mit Blaulicht seine Fahrt in Richtung Salzburg fort. In Anif bei Salzburg stoppten die Beamten den Zug. Kollegen aus Salzburg waren bereits vor Ort.

Beate, Iris und Luise wurden in der Praxis gefeiert und bekamen eine hohe Belohnung von Frau Müller. Sie lässt jetzt ihren Schmuck doch lieber im Tresor.

DER LETZTE TEE

Nun saß er in seinem geliebten Lehnstuhl, trank dabei einen heißen Tee. Earl Grey war sein Lieblingstee, so wie er jeden Tag von Josefine, seiner Hausangestellten serviert wurde. Seinen Blick richtete er auf den Chiemsee. Er sah auf seine Yacht, einige Million Euro an Wert. Der Garten des herrlichen Anwesens war wunderbar gepflegt. Der Duft der Rosen drang bis zu ihm und ließ den Tee noch besser schmecken. Ein Mann, der in seinem Leben alles erreicht hatte, 67 Jahre alt, eine schöne Zeit wartete noch auf ihn, auf Herrmann Degrothe.

Sein Imperium in Salzburg, in Bad Reichenhall und in Rosenheim baute Degrothe mit eiserner Hand auf. Sehr schnell ging es bergauf, er diktierte wo es langging. Mit seiner ersten Frau Sonja hatte Herrmann Degrothe zwei Kinder, Frank und Georg. Schon sehr früh erklärte er ihnen den Erfolgsweg des Geldes. Degrothes Ehefrau Sonja hätte die Söhne lieber auf den Weg der Güte, der Liebe und der Ehrlichkeit geschickt. Aber Herrmann setzte sich durch.

Nun saß also Herrmann Degrothe vor dem geöffneten Fenster, trank seinen Tee und erfreute sich an den Rosen, besser, an seiner Jacht, nein, er erfreute sich an seiner Macht. „Macht, die er auf Geschäftspartner, auf Angestellte, ja, sogar auf seine Familie ausübte." So schrieb es Sonja in einem Abschiedsbrief, den sie Barbara, Herrmanns jetziger Ehefrau, heimlich zukommen ließ. Sonja merkte schon frühzeitig, dass Herrmann ein Auge auf ihre Schwester Barbara geworfen hatte.

Herrmann Degrothe hatte von Anfang an vor, dass Sonja nur Kinder gebären sollte, am besten vier Jungen. Nach dem zweiten Kind ließ sich Sonja sterilisieren, das war ihr Todesurteil. Systematisch tyrannisierte Herrmann seine Frau. Jeder Tag wurde für Sonja zur Qual. Frank und Georg wurden angehalten, mehr aus den Geschäften herauszuholen.

Für einen Hungerlohn zwang ihr Vater sie, erfolgreich zu sein und zu betrügen. Am Anfang des Geschäftslebens, als Sonja noch an Liebe dachte, schien alles gut zu laufen. Beide schrieben frühzeitig ihr Testament. Übertrugen alles gegenseitig. Herrmann war auch noch einverstanden, dass im Falle eines Versterbens von beiden, die zwanzig Jahre jüngere Barbara als Erbin eingesetzt würde. Das lag nun vierzig Jahre zurück.

Vor drei Jahren kam Sonja bei einem Unfall ums Leben, zumindest stand es so in den Polizei-Akten. Das Ehepaar Degrothe kam auf ihrer Jacht in ein Unwetter, Herrmann kehrte allein zurück. Spekuliert wurde bis heute. Barbara kam zur Trauerfeier aus Rom in das Haus ihres Schwagers. Ihre kleine Wohnung konnte sie ohne weiteres ein, zwei Wochen allein lassen. Anhang hatte die hübsche junge Frau nicht. Sie trauerte im Haus der Degrothes. Bereits am zweiten Tag veränderte sich Barbara. Sie wurde schlapper, lustloser und müder. Herrmann war sehr zuvorkommend, verwöhnte sie mit köstlichem Tee. Die junge Frau ahnte nicht, dass sie mit Drogen vollgepumpt wurde. Bereits nach drei Monaten zwang Herrmann sie zur Heirat. Völlig willenlos sagte Barbara leise „Ja" zum Standesbeamten. Man könnte denken, das damals verfasste Testament ließe sich doch einfacher aus dem Weg räumen. Nein, daran dachte Herrmann nicht mehr, er wollte die junge Frau als Eigentum, als Hörige.

Mittlerweile flüchteten Frank und Georg aus den Firmen und der Macht des Vaters. Dem Druck hielten sie nicht mehr stand. Frank erfuhr, dass bei einem Immobiliengeschäft sein Vater einen Mitkonkurrenten aus dem Weg räumen lassen hatte. So gierig wurde Herrmann Degrothe im Laufe der Zeit. Heute arbeitet Frank als Buchhalter, Georg als Steuerberater. Natürlich in einem anderen Land. Wo genau, das wusste niemand.

Barbara ereilte eine Hautallergie, eine unangenehme Sache, denn es juckte schrecklich. Geistesgegenwärtig stellte sie ihre Nahrung um. Von nun an trank Barbara viel Wasser und aß nur trockenes Brot.

Nach vier Wochen fühlte sie sich wie neu geboren. Herrmann verwöhnte sie wieder mit Tee, in den er die Drogen mischte. Nur durch Zufall bemerkte Barbara das Röhrchen mit dem weißen Pulver. Gab es noch mehr davon? Barbara durchsuchte das Haus. Sie wurde fündig. Das Pulver schmeckte leicht bitter, außerdem hatte sie ein betäubendes Gefühl auf der Zunge. Was sollte Barbara nun tun? Neuerdings war die Eingangstür verschlossen, vor den frei herumlaufenden Rottweilern im Garten hatte sie Angst.

Josefine war ihre Rettung. Barbara wollte ihr eine Nachricht zukommen lassen. Sie setzte sich an den Schreibtisch ihrer verstorbenen Schwester, suchte Papier und Schreiber. Eine Kopie des Testaments lag unter allen Papieren, sowie eine Nachricht an Barbara. „Wenn du das liest, liebe Schwester, dann bist du so verzweifelt wie ich es war. Ich wollte einen Abschiedsbrief schreiben, dachte dann aber, warum soll ich mein Leben opfern. Ich wollte das Schwein umbringen…"

Die ganze Lebensgeschichte war notiert, alles, aber auch wirklich alles kam ans Tageslicht. Aber, der letzte Satz war beängstigend: „Geh' nicht zur Polizei, das Schwein lässt dich umbringen, er hat Mittelsmänner. Er ließ mich auch ständig überwachen. Bring das Schwein um und lebe mit dem Vermögen mit meinen geliebten Söhnen in Frieden. Bitte spende etwas an ‚Frauen in Not' und ‚Menschen mit Drogensucht', du wirst es schon richtig machen. Hinter dem Schreibtisch findest Du Gift. Deine Schwester Sonja."

…

Herrmann saß immer noch auf seinem Lehnstuhl, blickte zur Jacht, genoss seinen Einfluss und seine Macht. Langsam schloss er die Augen, das Gift wirkte. Dieses Mal hatte er etwas im Tee. Dr. Dresen stellte lediglich einen Herzinfarkt fest.

Unaufgeklärt? Gibt es bei mir nicht...

„Mein Name ist Frank Riller, mein Dienstgrad ist Kriminalkommissar. Ich bin verheiratet und habe zwei Kinder. Im Reihenhaus in Bad Reichenhall wohnen wir bereits 8 Jahre. Es ist nicht weit zur Rupertus Therme, so kann ich vor Dienstbeginn noch ein paar Bahnen schwimmen. Man wird ja nicht jünger. Manche Ganoven werden aber wohl immer jünger. Da muss man schon mal einen Sprint hinlegen, um den Typen zu stellen. Nun ja, soviel zu meiner Person. Und machen sie sich bitte nicht auch noch Lustig über meinen Namen, denn alle in der Dienststelle sagen hier „nur der Riller fasst immer den Killer!". Warum ich mich hier melde? Na, dann lesen sie mal meinen Fall!"

„Guten Morgen, Herr Kollege!", rief Holger Dreier, Kriminalkommissar. „Guten Morgen, Holger.", erwiderte Frank. „Und? Fasst Riller heute den Killer?" „Nein, heute gibt es keinen, Bad Reichenhall ist sauber. Erinnerst du dich noch an den Schabrowsky, Ulf Schabrowsky?" „Ja klar, dein Nachbar, seine Frau wurde doch erschossen." „ Ja, stimmt. Jetzt ist er vollständig gelähmt. Armer Kerl. Heute Abend wollen wir seine Wohnung ausräumen. Er ist völlig blank." „Na dann, viel Spaß, Frank."

Was war damals passiert? In den Akten steht: „Ich, Kriminalkommissar Frank Riller, und Kriminalkommissar Holger Dreier wurden zum Tatort gerufen. Belm Eintreffen fanden wir eine geöffnete Haustür vor. Im Flur lag etwa 35 jähriger Mann mit einer Schussverletzung am Kopf. Er war leblos. Auf der Treppe zur nächsten Etage lag eine blutüberströmte Frau. Es handelte sich um die Hausbesitzerin Helena Schabrowsky. In der ersten Etage saß ihr Ehemann Ulf Schabrowsky auf einem Stuhl. Er stand unter Schock. In der Hand hatte er eine nicht registrierte Handwaffe. Die weiteren Ermittlungen ergaben, dass nach Aussage von Ulf Schabrowsky, Ulf Schabrowsky durch ein lautes Geräusch wach wurde. Seine Frau schlief im zweiten Schlafzimmer.

Ulf Schabrowsky ist schwerbehindert und kann nur noch wenige Schritte gehen. Dies überprüften wir durch die vorgelegten Atteste. Ulf Schabrowsky nahm seine 9mm-Waffe, die nicht angemeldet war, ein Verfahren wurde eingeleitet, und schleppte sich in den Flur. Er sah eine Gestalt die Treppe heraufkommen. Ulf Schabrowsky rief nach seiner Frau und danach: „Stehen bleiben oder ich schieße!" Ulf Schabrowsky meinte ein Geräusch aus dem zweiten Schlafzimmer gehört zu haben, somit vermutete er seine Frau dort. Gleichzeitig schoss er. Sekunden später ertönte ein zweiter Schuss. Es musste sich also ein zweiter Täter in der Wohnung befunden haben. Die Suche nach dem zweiten Täter blieb erfolglos. Ulf Schabrowsky wurde nicht bestraft, er handelte, laut Richter, in Notwehr. Ein weiteres Verfahren wegen unerlaubtem Waffenbesitz steht noch an. Fall geschlossen. Frank Riller"

Nun, das liegt mittlerweile 8 Jahre zurück. Frank Riller zog gerade frisch verheiratet in das Nachbarreihenhaus von Eheleute Schabrowsky ein. Seine Frau, Beate Riller, konnte keine Angaben über die Schüsse geben. Sie und ihre Freundinnen trafen sich zum regelmäßigen Kegelabend.

Auf jeden Fall wird heute Abend die Wohnung von Ulf Schabrowsky geräumt. Um 17 Uhr war der Dienst der beiden Kriminalkommissare beendet. Frank traf sich mit 5 Helfern aus der Nachbarschaft im Haus von Schabrowsky in Bad Reichenhall. Einige Möbel fehlten, eben das, was sich in einem Heim unterbringen lässt. Persönliche Dinge wurden auch schon geräumt, so dass die sechs Männer alles auf die Straße stellen konnten. Gegen 6 Uhr morgens würde dann der Sperrmüll alles entsorgen. Frank war gerade mit dem ehemaligen Ehebett fertig. Es wurde in Einzelteile zerlegt und auf die Straße getragen. Ein Helfer hob die Kleiderschranktüren aus den Angeln, als beide einen metallischen Gegenstand hinter dem Schrank fallen hörten. „Was war denn das? Hat Ulf etwa hinter dem Schrank eine Leiche versteckt?", flachste Helfer Gerd. „Es hörte sich schon eigenartig an. Da fiel etwas Schweres.", sagte Frank.

Die beiden zerlegten nun vorsichtig den Schrank. Brett für Brett. Nun die Hinterwand. Rums! Ihnen fiel ein Gewehr förmlich vor die Füße. Weitere Gegenstände lagen verstaubt auf dem Boden hinter dem Schrank. Frank rief sofort seinen Kollegen Holger an: „Holger, ich bin es. Hast du Zeit?" „Ja, klar!" „Dann bringe bitte einen Kollegen mit. Ich habe in Schabrowskys Wohnung eine weitere Waffe gefunden."

Holger Dreier und Dirk Ahrens, der sich gerade im Dienst befand, fuhren zu Schabrowskys Haus. Die drei Beamten stellten alle Teile sicher. Da der Tatort bereits so gut wie leer geräumt war, konnten die anderen Helfer ihre Arbeit fortsetzen. Die Beamten fuhren zur Dienststelle. Alle gefundenen Gegenstände wurden auf einem Tisch ausgebreitet.

Es lagen nun auf dem Tisch: 1 Gewehr, Kaliber 8, diverse Kabel, 1 Infrarot-Kamera mit Halterung für das Gewehr, 1 selbstgebauter elektromechanischer Abzug, 1 Antenne, 1 Sendemodul, 1 Empfangsmodul für den Fernseher und ein altes Handy.

„Das glaube ich jetzt nicht. Dieser Fuchs.", sagte Frank Riller. Auf das Gewehr steckten sie die Kamera, der originale Abzug wurde durch einen selbstgebauten elektrischen ersetzt, er löst per Funk aus. Der Sender überträgt das Signal der Kamera zu einem Fernseher. Ist die Person im Ziel, so löst man per Funk den Abzug aus. „Also hat Schabrowsky nicht nur seine Frau erschossen, sondern auch den Einbrecher. Vielleicht war es gar kein Einbrecher. Aber da waren ja Einbruchsspuren. Die könnte Schabrowsky auch selbst gemacht haben. Nein, es war so: Der Einbrecher öffnete die Tür, Schabrowsky sah ihn auf seinem Fernseher. Als er im richtigen Augenblick in Kimme und Korn stand, drückte Schabrowsky auf den Auslöser. Der Schuss traf den Einbrecher im Kopf. Danach nahm er die Pistole und erschoss seine Frau.", schlussfolgerte Frank Riller. „Tja, so wird es gewesen sein. Und warum? Ich werte mal die Daten auf dem Handy aus.", sagte Holger Dreier.

Nach einigen Stunden stand der Grund der Tat fest. Auf dem Handyspeicher war zu lesen: „Kannst jetzt kommen, mein Alter schläft, ich gab ihm Schlaftablette. Bin geil auf Dich. Tür ist offen."

Die Ermittlungen begannen aufs Neue, Mord verjährt nie. Riller fasst eben immer den Killer im Berchtesgadener Land!

Die Tote im Hintersee

Jeden Morgen geht Horst Klinke mit seinem Golden-Retriever Gassi. An diesem Tag im Oktober regnete es. Randy, der Golden-Retriever, wurde ungeduldig, zog an der Leine, wollte wohl auf etwas aufmerksam machen. Es war so etwa in Höhe des Cafés. Auch wenn sich Horst Klinke noch so umschaute, er fand nichts in den Büschen oder auf den Booten. Bis auf… er sah im Hintersee in weiter Entfernung einen Schuh schwimmen. Der könnte wohl von aus Schabernack ins Wasser gefallen sein. Oder auch nicht, denn etwas weiter sah er ein Kleidungsstück. „Morgen Horst, nach was hälst du denn Ausschau?", fragte Herbert Neumann, Ruderboot-Besitzer. „Guten Morgen Herbert. So früh schon hier? Ich sehe dort etwas im See.", antwortete Horst. Beide gingen den Weg entlang zu Herbert Neumanns Anlegeplatz. „Ach herrje! Da vorn… siehst du es? Eine Leiche.", sagte Herbert. „Ich rufe sofort die Polizei.", so Horst Klinke.

Es dauerte nicht lange, da standen zwei Beamte vor den Männern. „Guten Morgen die Herren. Mein Name ist Frank Riller, Kriminalkommissar, und das ist mein Kollege Holger Dreier, ebenfalls Kriminalkommissar. Was liegt an?", fragte Frank Riller. Holger Dreier rief: „Ich sehe das Problem schon. Gehört einem von ihnen hier ein Boot?" „Mir", antwortete Herbert Neumann. Riller und Dreier stiegen in ein Ruderboot und steuerten die Leiche an. Sie zogen sie auf den Steg. „Mein Gott, so eine junge Frau. Ich rufe die Sanitäter und einen Leichenwagen.", ordnete Frank Riller an. Danach befragten die Beamten noch Herbert Neumann und Horst Klinke. „Was nun?", fragte Holger Dreier. „Ich denke, wir werden hier alles absperren und uns mit weiteren Kollegen jedes Boot vornehmen müssen.", so Frank Riller. Gesagt, getan. Schnell wurden die Anlegestellen abgesperrt und 4 Beamte durchsuchten alle Boote. Es dauerte nur etwa eine Stunde, da war ein Boot mit Blutspuren gefunden. Außerdem lag der zweite Schuh in einem Boot. „Na, den Fall werden wir schnell klären.", meinte Frank Riller. „Denke ich auch, denn Riller schnappt immer den Killer.", flachste Holger.

Der Obduktionsbericht ergab, dass die junge Frau mit einem Messerstich getötet wurde. Es handelte sich um Carola M., 16 Jahre. Das Boot gehört Ernst Zschupp, es gehört nicht zu den Verleih-Booten. Zschupp ist Besitzer von zwei Waffengeschäften in Bad Reichenhall und in München. Die Beamten machten sich auf den Weg um Ernst Zschupp zu befragen. Kriminalkommissar Frank Riller schellte an Zschupps Haustür. Ein völlig verstörter Mann öffnete die Tür und sagte: „Woher wissen sie davon?" Riller stutzte und sprach: „Wovon sprechen sie? Sind sie Herr Zschupp, Herr Ernst Zschupp?" „Ja, der bin ich. Kommen sie herein meine Herren." Noch bevor die Kommissare ihr Anliegen vorbringen konnten, begann Ernst Zschupp zu reden: „Gestern kam ein Schreiben hier an, ich solle mich ruhig verhalten. Man hat meinen Sohn Peter gekidnappt. Keine Polizei, ansonsten ist er tot." „Zeigen sie uns bitte das Schreiben.", forderte Holger Dreier. „Sie fordern zwei Millionen Lösegeld und diverse Waffen.", las Dreier vor.

In Bad Reichenhall wurde die Sonderkommission „Hintersee" gegründet. Die Suche nach Fingerabdrücken blieb erfolglos, ebenfalls die Suche nach einem Absenderort. „Nun, dann wird es wohl einen Boten geben.", überlegte Holger Dreier. „Genau, Herr Gerber, verlassen sie eine Hausüberwachung, und das rund um die Uhr.", ordnete Frank Riller an.

Zwei Tage später gab es erste Resultate. Ein neuer Brief traf ein. Ein Beamter folgte dem Überbringer. Lediglich das Nummernschild konnte er sich merken, denn die AMG-Luxuskarosse war für den Beamten viel zu schnell. Wie zu erwarten war das Nummernschild gestohlen. Der Brief wurde geöffnet: „Wir fordern zwei Millionen Euro und die Waffen, die auf der Rückseite aufgeführt sind. Der Treffpunkt ist in genau 48 Stunden auf dem ersten Parkplatz nach der Abfahrt Bad Reichenhall A8 in Piding. Parken sie vor der Behindertentoilette rechts neben dem weißen Transporter. Tauschen sie dann mit dem Fahrer die Autoschlüssel und befreien sie ihren Sohn. Ihr Sohn ist für uns kein loyaler Geschäftspartner gewesen. Er hat auch sie jahrelang hintergangen. Als illegaler Waffenhändler war er in

Ordnung, aber hätte niemals eine Affäre mit der Tochter unseres Geschäftspartners Wladimir M. anfangen dürfen. Vor allem hätte ihr Sohn Carola M. nicht umbringen dürfen. Alles Weitere wird ihnen die Polizei erklären können."

„Das sind ja Mafiamethoden!", rief Frank Riller in die Runde. „Wir müssen uns vorbereiten.", sagte Holger Dreier.

Der Übergabetag stand an. Zwei Millionen Euro und die Waffen lagen in Zschupps schwarzer C-Klasse. Langsam steuerte er auf den Treffpunkt zu. Der Transporter stand dort bereits. Zschupp stieg voller Angst aus, aus dem Transporter stieg ein Mann im Overall mit Kappe. Sie tauschten die Wagenschlüssel. Mit quietschenden Reifen fuhr der Mann im Overall auf die Autobahn in Richtung Österreich. „Zugriff!", schrie Kriminalkommissar Riller ins Mikrofon. Ein Hubschrauber kam herangeschossen. Vier zivile Streifenwagen umzingelten den Transporter. Der Transporter wurde mit gezogenen Pistolen geöffnet. Darin lagen Wladimir M. und Peter Zschupp, aber sie waren tot. Ernst Zschupp brach zusammen.

In der Zwischenzeit fuhr die schwarze C-Klasse auf Elgershausen zu. Der Hubschrauber hatte sie im Visier. Plötzlich bremste der Wagen ab und fuhr an der Bundesstraße 20 rechts ab. Langsam fuhr der Wagen auf die Brücke Wisbacherstraße zu. Der Hubschrauber wartete ab, denn der Wagen war nun unter der Brücke. Dann beschleunigte die schwarze C-Klasse. Der Hubschrauber folgte. Nach vier Kilometern wurde die C-Klasse von den Kollegen von Feldkirchen gestoppt. Der Wagen wurde eingekreist, die Beamten zogen ihre Waffen. Ängstlich stieg ein Mann aus dem Wagen und legte sich sofort auf den Boden. Er war Kurierfahrer und wurde gemietet. Einen Brief sollte er in Salzburg übergeben.

Da er sonst nur Fahrradkurier ist, wurde der Wagen gestellt. Der Wagen war natürlich gestohlen. Im Brief stand: „Mit uns legt man sich besser nicht an!"

Zschupps C-Klasse stand unter der Brücke. Von dem Fahrer, sowie der Beute, fehlte natürlich jede Spur. Die Bande wird heute noch per Interpol gesucht. Mafiamethoden eben.

DIE ZWEItE CHaNCE

„Herr Kollege Riller, diese Nachricht soll an sie weitergeleitet werden.",
ertönte es aus dem Telefon. „Herrn Ernst Tschupp ist folgendes aufgefallen.
Sein Autoradio spielte auf der ersten Speichertaste immer Klassik. Nun ist
eine Frequenz auf UKW von 107 MHz gespeichert, die Herr Tschupp nicht
einprogrammiert hat. Er fragt, ob dies wichtig sei.", so der Beamte weiter.
„Das könnte von Bedeutung sein, aber ich weiß es nicht. Auf jeden Fall
merke ich mir diese Aussage.", antwortete Frank Riller.

...

Wochen später erreichte die Bad Reichenhaller Dienststelle eine Anfrage
aus München. „Hier ist Kriminalkommissar Kiermayr aus München. Unser
Computer spuckte die Info aus, dass eine Waffe aus dem Raum BGL bei uns
als Tatwerkzeug benutzt wurde. Ich faxe mal die genauen Daten. Vielleicht
können wir uns zügig kurzschließen." „Ich leite Ihre Anfrage weiter, Herr
Kollege.", so der Beamte in der Dienststelle Bad Reichenhall.

Die Beamten Frank und Holger beschlossen, direkt nach München zu fahren
und Kontakt mit dem Kollegen Kiermayr aufzunehmen. In der Münchner
Dienststelle besprachen sie gemeinsam den Fall. „In der Beethoven-Straße
wurde ein Juwelier überfallen. Er löste den Alarm aus. Bereits zum vierten
Mal wurde er von diesen Männern überfallen. Sie stahlen Bargeld,
Goldvorräte und Diamanten. Wir waren mit fünf Einsatzwagen schnell vor
Ort. Es kam zum Schusswechsel. Ein Täter wurde vor Ort erschossen. Der
andere wollte mit dem Juwelier als Geisel flüchten. Wir schossen auf die
Reifen. Der Täter wollte zu Fuß flüchten. Wir stellten ihn. Dem Juwelier fiel
auf, dass aus dem Autoradio der Befehl kam, dass der Täter in das Parkhaus
fahren sollte.", sagte Franz Kiermayr. Frank Riller fragte sofort: „Wo steht
das Tatfahrzeug? Ich möchte es sehen."

Kurze Zeit später konnte Frank Riller den Wagen untersuchen. „Wir haben uns alles gründlich vorgenommen.", sagte Franz Kiermayr. „Das glaube ich, aber ich möchte nur das Radio einschalten.", so Riller. Und weiter: „107 MHz, dachte ich es mir doch, wie im Mercedes von Herrn Zschupp." „Ist das von Bedeutung?", fragte Kiermayr. „Ja, ich habe mich schlau gemacht. UKW-Transmitter haben eine Reichweite von etwa zwei Metern. Sie sollen ja nur MP3-Musik auf einem Musik-Stick auf dem eigenen Autoradio übertragen. Illegale Transmitter arbeiten bis zu 300 Metern Entfernung. Lasst uns zum Tatort fahren.", schlug Frank Riller vor.

Am Tatort vor dem Juweliergeschäft angekommen, schaute sich Kriminalkommissar Frank Riller um. „Nur vor dem Geschäft gibt es Parkplätze. Davor und dahinter sowie auf der anderen Straßenseite darf nur gehalten werden. Wer vier Mal den Laden ausräumt, der kennt die Gewohnheiten des Juweliers. Ich schlage Wohnungsdurchsuchungen auf der gegenüberliegenden Seite vor."

Am nächsten Tag lag der Gerichtsbeschluss des Richters vor. Beamte der Dienststelle München gingen von Tür zu Tür. Es wurde befragt, durchsucht und nach Spuren gesucht. Drei Wohnungen standen leer. So schien es, denn der Hauseigentümer sprach von zwei Wohnungen. In der dritten Wohnung hingen dunkle, verrauchte Gardienen. Es öffnete niemand. Die Beamten verschafften sich Zutritt. Nun wurde die kleine Wohnung von der Spurensicherung zerlegt.

In der Zwischenzeit wollten die Beamten den gestellten Täter befragen. Bisher hatte er die Aussage verweigert. Er wurde von einem Star-Anwalt vertreten. Kriminalkommissar Riller fragte: „Ihr Name? Woher kommen Sie? Handeln Sie im Auftrag?" Keine Antwort. „Nun gut, wenn Sie es sich anders überlegen sollten, wir kommen wieder."

Nach drei Tagen kamen die Bad Reichenhaller-Beamten wieder in die Münchner Dienststelle. In der Zwischenzeit waren sie im Deutschen-Museum und wurden von Franz Kiermayr privat eingeladen. „Es sind vor fünf Minuten Neuigkeiten eingegangen. Es gab diverse Fingerabdrücke. Einer ist ganz brisant. Er wird Ivan L. zugeordnet. Wir haben schon lange ein Auge auf ihn geworfen. Ihm wird Erpressung und Anstiftung zum Mord nachgesagt. Auch mit der Mafia soll er zu tun haben. Nur können wir ihm nichts nachweisen.", sagte Franz Kiermayr. „Das ist doch was!", rief Frank Riller. „Na klar, wie am Hintersee, Mafiamethoden.", sagte Holger Dreier. Sie besuchten nochmals den inhaftierten Täter. Frank Riller wollte hoch pokern: „So mein Freund, nun wissen wir alles. Ihr Auftraggeber Ivan L. beschuldigt Sie ganz allein zu verschiedenen Morden, auch am Hintersee. Das war es dann wohl. Sie werden angeklagt, es gibt kein Entgegenkommen vom Gericht." „Ist da was möglich wenn ich rede?", sprach der Verhaftete in gebrochenem Deutsch. „Möglich. Wenn es wichtig ist.", sagte Riller eher abweisend. „Nein, ich habe niemanden ermordet. Ich war nur Fahrer, auch am Hintersee … und auch woanders noch. Ivan L. ist Boss in München, er zieht die Fäden. Er plant alles. Zum Hintersee hat er seinen Sohn geschickt. Der flog auf die Tochter von Wladimir … dieser Schlampe Carola. Als Carola getötet wurde, rastete er aus und erschoss diesen Waffenhändler Tschupp. Dann kam es zum Streit zwischen Wladimir und ihm, er erschoss ihn auch. Ich will wieder Freiheit, ich will zurück in mein Land. Ich habe niemanden ermordet. Bitte helfen Sie mir.", flehte der Verhaftete. „Und warum wurde Carola ermordet?", wollte Frank Riller noch wissen. „Sie wollte Zschupp zur Scheidung zwingen. Im Gasthaus am Hintersee trafen sie sich. Dann brachte er sie um und entsorgte sie im See.", flüsterte Emil H..

„Tja,", sagte Holger Dreier, „der Riller schnappt sich immer den Killer.

AUF DER SUCHE WAS VOR DEM URKNALL WAR

MISSION X

11 WEITERE SCIENCE FICTION ALS ZUGABE

Danke für Ihr Interesse! Eine schöne Zeit am Hintersee wünschen

Renate & Uwe H. Sültz